珠玉方成著
YY绘

所以说
窒息

中国出版集团 东方出版中心

图书在版编目（CIP）数据

所以说 宝贝 / 珠玉方成著；丫丫绘. -- 上海：
东方出版中心, 2024.12. --ISBN978-7-5473-2607-7

Ⅰ. I267.5

中国国家版本馆CIP数据核字第2024220JQ6号

所以说 宝贝

著　　者	珠玉方成
绘　　者	丫　丫
责任编辑	钱吉苓
封面设计	钟　颖　余佳佳

出　版　人	陈义望
出版发行	东方出版中心
地　　址	上海市仙霞路345号
邮政编码	200336
电　　话	021-62417400
印　刷　者	徐州绪权印刷有限公司

开　　本	889mm×1194mm　1/32
印　　张	11.5
字　　数	170千字
版　　次	2025年1月第1版
印　　次	2025年1月第1次印刷
定　　价	88.00元

推 荐 序

　　《所以说　宝贝》在温情中见证了女性的成长，于琐碎里书写下了生活的华章，诠释了当代女性成长的独特魅力与无限可能。

　　作者珠玉方成以细腻的笔触展示了当代女性如何一边打拼工作，一边照顾家人，一边温柔育儿——以坚韧撑起事业天空，用温柔呵护家庭港湾，用爱心滋养孩子成长。

　　在与孩子一起成长的路上，有婴幼儿期的高质量陪伴，有青少年期的有效沟通，有青春期的适时放手，更有日常一言一行、一举一动间最有力量的身教。

　　"写给妈妈们的悄悄话"犹如闺蜜间的阳光茶会，为处于人生同一阶段彷徨纠结的"（准）妈妈们"抚平细纹，是每位"（准）妈妈"不可或缺的心灵指南。

　　　　《虾米妈咪育儿正典》作者、中国科普作家协会理事　余高妍

推 荐 序

　　《所以说　宝贝》用书信的方式生动地记录和讲述了一个美好的生命成长的故事。妈妈的爱、女儿的情在书信中交融在一起。在成就孩子进步的过程中，找寻孩子成长的动力，解除育儿中的种种困惑，展现家长自身的价值，此三点都是在《所以说　宝贝》一书中可以看到的心理学、教育学的亮点。

　　　　　晴雨千帆成长路，风轻云淡事事新。
　　　　　转得万物果实好，立在高境阅层林。

　　兹推荐此书以在育儿的体验和探索中把握智慧、铸就成功。

日本玉川大学教授　朱浩东

目　录

第三辑

唯

第五辑

放

第六辑
慢

顺

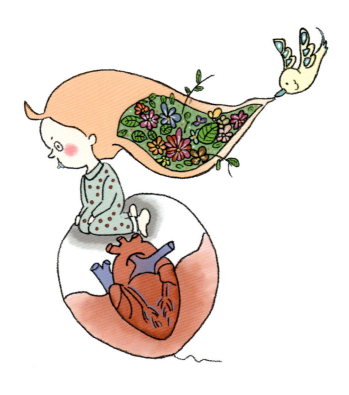

孕　育

今天对于我来说是个非常特殊的日子，第一次这么期待测试的反应，第一次高兴地迎接这个消息，做女人这么多年，第一次面对阳性反应时会有这种心情。忽然间，世界一下子变得开朗许多，什么业绩呀，指标呀好像都离我远了些。中午告诉我的好朋友，一起去吃饭庆祝，远方的闺蜜也打来电话，一时间暖暖的，真是不一样的感觉。

胎 动

亲爱的宝贝：

今天你爸爸出差了，而我带着你去了一家酒店开会。你知道吗，你今天学会了翻身，我想应该是翻身吧，妈妈的肚子一下收紧了很多，扯着五脏的感觉，我慢慢抚摸了你好一会儿，你才恢复了正常。是翻身吗，宝贝？你真出色，和你差不多的小朋友都还不会呢。

你爸爸特别自豪，他说你一定会比爸爸妈妈都聪明，我想也应该是的。你知道吗，妈妈明天要做重要的发言，因为今年妈妈评上了先进，公司让妈妈介绍经验。我想你在我肚子里，也会很自豪吧。你想呀，妈妈每天带着你，还能做得这么出色，你难道不应该自豪吗？宝贝，我想我会努力给你做出一个好的榜样，让我们一起努力吧！

小紧张

亲爱的宝贝：

对不起，你今天还好吗？都怪妈妈不好，昨天让你呼吸了甲醛。昨天那个会议室刚装修完不久，但因为是年度大会，我不能离开太久，再加上我想我的宝贝是能够经受得了这点小味道的。可事后同事们都说："哎呀，你就不该来开会，这对宝宝是不好的。"可这已经晚了呀，我打电话给医生，他说应该问题不大，而且你也已经 6 个月大了，之前不是都很坚强吗？

你爸爸打了电话，我告诉他你的情况，他很紧张，说今晚会赶回来看你。我没什么特别的感觉，就是觉得你今天没怎么动，昨天还那么闹腾，今天突然变得安静了。你别吓唬妈妈好吗？我们一起走过了那么多天，你很坚强的，不是吗？是不是这两天太累了，你想睡一会儿呢？总之你一定会没事的，对吧？

宝贝，现在是下午了，你好像没什么事了，但愿吧。妈妈还在开会，是不是很辛苦，你长大了也要努力，知道吗？不过，你爸爸已经在路上了，他说晚上回来给你讲故事，高兴吗？今天好多同事都夸妈妈，说我虽然有了你，但依然变化不大，风采依旧。其实我心里想说的是，我的宝宝才优秀呢，她可比我强多了。

2006 年回顾

亲爱的宝贝：

还有两天 2006 年就要过去了。时间过得真快，去年的今天我还根本没有考虑好要不要你这个小东西，但今年的今天，你就已经在妈妈的肚子里活蹦乱跳了。所以2006 年对我来说，真的是很特别的一年。

回顾即将走过的一年，总的来说还挺不错的，自己不错，家人不错，朋友也不错，尤其是你爷爷奶奶、姥姥姥爷身体都挺好的，这多难得呀。你知道到了爸爸妈妈这个岁数，最担心的是什么吗？就是我们父母的身体，这比什么都重要。我想 30 年后，你也一样会这样对待我和你爸爸的。

这两天你爸爸出差去了，一个很远很冷的北方城市，离咱们的第二故乡很近。他来电话说很冷，冷到零下8度，他还让你听电话，告诉你，他想念你，叫你乖，还说会回来讲故事给你听。虽然他的普通话是带着乡音的，不过你肯定能听懂。小宝贝，你看你多幸福啊，爸爸妈妈都这么爱你。

待　产

宝贝：

今天是妈妈工作 17 年来第一次开始休这么长时间的假期，因为要迎接你的到来。昨天，也就是 2007 年 3 月 30 日，妈妈召开了部门的表彰总结大会。宣布在未来的几个月里，我将暂时退出工作——这个我热爱的舞台，开始我从未体验过的生育之旅。

晚上，你爸爸接我们回来的路上，我深深地感叹了一句："真想今天就把你生下来，等待的时间太难熬了。"早上一起床，爸爸就去接二姨和三姨了，知道吗，她们是从遥远的故乡专门赶来照顾你的。你看你多幸运呀，还没出生就有这么多人疼你、爱你。再过几天，姥姥也会来了。这下咱家可热闹了，到时候你可要乖点呀，别闹腾，知道吗？

不过医生说你很健康，各项指标都很正常，这是妈妈和爸爸感到最欣慰的。10 点钟了，爸爸说刚刚接到二姨她们，好了，妈妈要去泡茶等她们了。

原来无数次地幻想过，怀孕会不会变丑、怀孕会不会变傻、怀孕会不会影响工作、怀孕会不会被人瞧不起……

真正走完这一程，才知道什么叫"为母则刚"，所有、所有的担心都抵不过小宝贝欢蹦的心率、抵不过胎动的欣喜、抵不过那默默祈祷了千万遍的"母女平安"。

谁说会"丑"，所有"丑"的背后其实是终于有了一段可以因为怀孕不用减肥的理直气壮、心安理得大吃特吃的日子。千万别被老一辈的传统误导，她们那个时代多是因为物资不够丰富，所以才会借此千载难逢的时光犒劳一下长期得不到满足的口欲，而今，只要想吃，不当孕妈也可以，倒是万一无所顾忌地吃，除了体重、"丑"外，还会增加孕期高血压、妊娠糖尿病、难产等风险。如果光影响自己也就罢了，饱食过度还可能导致妈妈血糖波动较大，影响胎儿的胰岛素代谢，增加胎儿日后患上糖尿病的风险……

所以，管住嘴、迈开腿，是不是应该也列为孕妈妈的第一清规戒律啦？

再说变"傻"，除了先天生理有缺陷的"真傻"以外，所有"傻"的表现不就是佛系的另一件外套吗？懒得想、懒得说、懒得干、懒得动……不信，只要网上哪个专家发表一篇"孕期妈妈多动脑，孩子智商翻一番"，你再随便说一句"一孕傻三年"试试，鸡犬能宁才怪呢……

最后，说说工作，如果我告诉你怀孕不光不会影响工作，反而会借光助力你信吗？不信？你只要一如既往地勤奋，听听是不是被这些声音包裹？

"哎哟，不方便怎么还整天跑来跑去，有事打个电话就行了。"客户说。

"你看看人家，都怀孕要生产的人啦工作还这么努力，她不评先进谁还能评？"领导说。

"你不觉得自打有了宝宝，突然有一种不一样的美了吗？"老公说。

"传统上，中国的教育是从胎教开始，从怀胎就开始教育了。古时都有规定的，去妻分房，然后家里挂的画、用的东西都要改变，胎儿会知道。"南怀瑾说。

　　所以说，孕妈妈们，好好珍惜我们此生为数不多的重要时段，开开心心迎接盲盒开启的倒计时吧。

俗

大晴天，出生

亲爱的宝贝：

　　妈妈和爸爸终于盼到这一天了，你知道吗，前几天的天气特别不好，整天下雨，妈妈还担心你出生这天也会下大雨。可谁知，今天一大早，阳光明媚，好几个叔叔阿姨都发短信过来说，你家宝贝真是个福娃，连老天爷都这么照顾她！可不是吗。还有啊，这几天，你爸爸买的股票涨得可好了，他整天高兴得合不拢嘴，大家都说，你家娃是背着钱袋子出来的。

　　12:25，医生叫妈妈进手术室了。爸爸送我们到门口，说真的，这个时候，妈妈心里还是有点担心的。一会儿麻醉师进来了，他叫妈妈在手术意外情况谈话记录上签字，这是妈妈第二次躺在手术台上，可这次不一样，是一种期待的等候。时间一分分过去了，终于见到主刀医生，她人很好，之前一直是她在观察你的成长过程。因为妈妈特意给你选了出生的时间，所以，医生也是按照这个时间进行手术的。

13:20，感觉到妈妈的肚子被划开了，虽然有麻药的作用不疼，但还是能感觉到内脏的扯动。

13:48，看见你被医生取了出来。原来在电视上见到的这种情景，都是血腥的，可我见到你第一眼，却是白白的。我问医生是男孩儿女孩儿，医生确定地说女孩儿，我在想，现在要是有人出去告诉你爸爸一声就好了，省得他在外面七上八下的。终于听见你的哭声了，一时间，妈妈的泪水夺眶而出，是激动，是欣喜，是突然间觉得在这世上多了一份沉沉牵挂。

我亲爱的宝贝，终于咱们见面了，多么吉祥的数字：13:48，6.6斤，51公分，小名顺丫。

出生 18 天

小顺丫：

　　今天是你出生 18 天的日子，这十几天，妈妈和你从陌生到熟悉，从熟悉到亲切，到越来越浓的难以割舍。

　　你从医院一出来，就每天跟着爸爸妈妈一起睡觉直到今天。你知道吗，妈妈每晚几乎都没有睡过觉。因为你每隔两个小时，就要吃奶，或是尿湿了，还有可能是你洗澡或者干什么的时候，无意中受到了惊吓。你会突然从睡梦中惊醒，大哭几声。所以，爸爸和妈妈每晚都很难入睡，每次你一哭，我和爸爸总是抢着起来照顾你，妈妈白天还能休息一下，爸爸因为姥姥他们都在，白天也不好意思去睡一会儿，就这么硬撑着。

　　唉，原来总听到"不养儿不知父母恩"这句话，但那时很难深刻地体会到，这十几天我才深深地感受到养一个孩子是多么不容易的一件事。这种精力和体力的付出，真是痛并快乐着。看着你一天一天长大，看着你每一次梦中的憨态，似乎这一夜夜的付出，也不觉得辛苦。其实每个爸爸妈妈不都是这样过来的吗？

对了，你这几天开始特别能吃，而且一点儿都不能忍，还会自己吃自己的小手指，把大拇指塞在嘴里，其余四指捂着小脸，还啧啧有声，真是太可爱了。

姥爷病重

小宝贝：

　　这段日子家里发生了一件大事，姥爷病重住院了。上封信妈妈写完不久，爸爸就带着你回到老家——爸爸妈妈出生的地方。你还不到 3 个月呢，就坐上了飞机，一路上真是乖呀，不哭不闹的，别提多听话了。

　　妈妈一接到你们就直奔医院，当时姥爷病得已经很重了，很久吃不下东西了。刚到医院大门，远远地就看见四姨和四姨父陪着他坐在楼下的台阶上等你。姥爷已经瘦弱得不到 100 斤了，但精神还不错，他抱着并不知道发生了什么事情的你，颤颤巍巍从口袋里掏出一个红包，说这是姥爷给的见面礼。一时间妈妈百感交集，因为妈妈真的担心，如果这次不带你回来，恐怕此生还能不能见面都是未知。接下来的日子，爸爸妈妈整天在医院，你就在家里跟着姥姥和几个姨妈，全家人把你当个宝贝，当个玩具似的，恨不得每一分钟你都醒着。哈哈，你兴奋地开始在白天的时候不好好吃东西了，玩个不停，说个不停。

10 天以后，姥爷的病越来越重了，大夫提出要手术，这时候全家乱成一团，爸爸和妈妈商量，决定让爷爷先把你带回家。就这样，你开始了第一次离开爸妈的生活。而此时的妈妈也在经历人生的第一次生死考验。

那些日子太难熬了，几乎每天都是坏消息，你知道妈妈当时在想什么吗？妈妈在想要是能用任何东西换回姥爷的生命，妈妈一定会毫不吝啬。也只有那一刻，妈妈开始有点为将来的你担心了，想想等你老爸 70 岁的时候，你才 22 岁，那个年龄的你其实也还只是个大孩子，万一到那时爸爸妈妈有个病有个灾的，你可怎么办呢。我想一定会很急、很担心、很无助的。我的宝贝，爸爸妈妈怎么能忍心看着你无助呢，所以生命的价值和幸福的标准，往往在这个时候才能显现出来……让我们共同祈祷姥爷能逢凶化吉渡过这一劫难吧。

逢凶化吉

宝贝：

　　妈妈终于把姥爷从死神的手里夺了回来，回到家里见到我的小宝贝啦，这场战斗对妈妈而言真可谓惊心动魄，因为不足百天的你也上场参战，所以意义重大：妈妈把它记录下来，等你长大了慢慢看吧。

　　我的宝贝，虽然还差 3 天你才满月，但是远在家乡的姥爷生病了，吃什么吐什么，一开始大家都瞒着我，可我还真没到一孕傻三年的地步，姥姥和几个姨没演几天就被我识破了。那一刻，血浓于水的亲情哪里还顾得上"月子"，亲爸都快走了，说什么也不能就这么眼睁睁地看着他离我而去。所以，我和爸爸商量后决定，我先回老家看看情况，留下爸爸在家带你，如果实在不好了，再让爸爸带你一起回来见姥爷。于是，我打了飞机匆匆赶到医院，听完影像学专家的结论，我哭得昏天黑地。

"手术都没法做了，肿瘤已经到了晚期，腹腔镜一片混沌，再说，老人的蛋白含量已经不足以支撑手术了，你们就别再折腾他了，怎么舒服怎么来吧。"

"可，为什么活检是阴性？"我不甘心地追问。

"除非，有一种可能，但这是万分之一，炎症久了引发溃烂，这会痛的，可老人家并没有痛感呀，所以，只能解释为活检没有取到病灶。"

我试图接受这个事实，但接下来的陪伴让我不得不豁出来和死亡之神扳了一次手腕！"爸，午饭你想吃啥？""算了吃啥吐啥，别浪费了。"爸茫然地看着天花板回了一句。"医生今天换了进口药，应该马上见效了，不会吐的，你要赶紧补充营养才行。""真的？"爸的眼神在这一刻发出了闪亮的光芒，尽管亮度远不如从前，但这应该是他最大的光伏了……"好吃"，真是他毕生的嗜好了，正是这微弱的信号，坚定了我的信心，绝不能有一天别人问我，老人家怎么走的？我惭愧地答道"饿死的……""红烧海参应该能补充体力的。"老爸弱弱地嘟囔了一句。海参，一直是他的至爱，不知在何时何处看过哪篇报道后他就视它为圣品了。"好，我知道家做海参最好的酒店，我们去那家吃。"呕吐依旧，这次更为波涛汹涌，直接喷射到来检查的医生的身上……越是现状如此，越是激发起我对真相的渴望，不能最后叫我爸饿死……哪怕术后只能吃一顿饱饭，至少也让他老人家尽兴而归，否则，这一生，每每想起，我都会夜不能寐的……35瓶人血蛋白补充后，医生终于被我的孝心感动，答应手术了，但明确提出家属需要签署知情同意书，万以术中出现任何问题，我们都自愿承担！

等待手术的两天里，我们请了师傅，选了墓地，洗了照片，准备了寿衣……所有的所有已经做了最坏的打算。8点，护士把姥爷推进了手术室，那道门是多么的神圣呀，我眼睁睁地看着护士医生进进出出，每一次进出对我来说都是心惊胆战，生怕无数电影中的场景再现，白布单配医生木呆呆的脸。快12点的时候，终于有个医生推门出来问道："谁是27床家属？""我，我是。"我紧张得有点结巴了。"主任让我告诉你一声，手术顺利，开始缝合了。""顺利？没扩散？""啥扩散？不是癌症，就是胆结石，石头破裂堵在胃和肠子接口处，形成脓包。"天哪！我中奖了，500万大奖！这一天经历了生死轮回，这一天上演了什么叫"命运要掌握在自己手中"。

此刻，你在妈妈怀中安睡，看着你粉粉嫩嫩的小脸，享受着狂风暴雨后的五彩霞光，就这么安安静静的真好，要是能一直一直这样走下去，该多好呀！

2007
09/08

出生 150 天

顺丫：

　　你到这个家已经 150 天，快 5 个月了，你完全能分辨出妈妈、爸爸和阿姨了。只要在你醒着的时候，我们喊你的名字，和你说话，你就会回应，咿咿呀呀地说个不停。还有你的饭量也明显地增加了，今天早晨妈妈喂你，你已经能喝到 180mL 了。而且，这两天你很乖很乖，之前每天还会在晚上七八点钟哭一会儿，可这两天就不会了，整天睡呀睡呀，快乐地成长着。

　　哎呀，说真的，妈妈原来从没有想过，你的到来会给家里增添这么多的快乐和幸福，还有这种牵肠挂肚的感觉。尤其是妈妈要出去的时候，只要你醒着，眼睛就会一直追随着妈妈。天哪，那一刻妈妈真是哪儿也不想去了，只想

024

在家陪着你。

还有啊，你现在睡觉的时间很长了，知道吗，你爸爸已经不习惯你睡这么久的时间，只要你不醒来，他就会感觉无所事事，一会儿进屋看一下，一会儿跟我说："你姑娘咋还没睡醒？"连阿姨都笑话你爸爸，怎么这么没出息。

瞌睡虫

亲爱的小宝贝：

今天是周日，妈妈难得休息一天，陪着你快乐地享受一天。早晨你刚起来，就被阿姨推到楼下和小朋友玩儿去了，10点多钟才回来。可你一进门就不开心，妈妈逗你也不笑，闷闷的样子。以为你饿了，弄了米糊给你吃，可你哭着躲开，怎么也不吃，你老爸逗能，以为妈妈喂你你不吃，主动要求由他喂，结果照样不吃。哈哈，原来没两分钟，你就睡着了，妈妈才知道这是你瞌睡了呀。

宝贝你知道吗，妈妈今晚和一个好朋友在一起吃饭，这个阿姨生病了，得了很严重的病，之前妈妈约她，她都不肯见我。她对你可好了，妈妈还没生你的时候，她就把她儿子的小车子、小衣服拿来给你，还告诉妈妈要注意什么，多吃什么。总之她是个很敬业、很刻苦、很出色的阿姨，可谁知病魔偏偏和她作对，人生总说好人应该有好报，妈妈也坚信这点。今天看到这个阿姨比妈妈想象中的好多了，才算是心里踏实和平静了很多。所以，知道吗宝贝，妈妈因为有了你，才会去开始锻炼身体，才会去一遍遍地监督你老爸戒烟。因为你还太小，因为爸爸妈妈想既然生了你，就尽量长地能多陪你一段，陪你快乐地走过童年，步入中年……

北欧回国

宝贝：

　　今晚妈妈陪你睡觉，今天是国庆节，妈妈给阿姨放假，让她去和她的儿子们一起过节。今天也是妈妈从国外回来的第一天，这次出差去了北欧的四个国家：芬兰、瑞典、挪威和丹麦。每到一处，就想要是能带着我们的宝贝一起来就好了。这时候，妈妈就盼着你要是长大一点多好呀，妈妈一定在你成长的过程中，不断地带你出去看看，开阔视野，让你知道外面的世界有多大，让你知道人生是多么丰富和精彩。北欧的景色很美，刚好是秋天，色彩斑斓的黄色、绿色、红色，光红色就有十几种，很美很美。红色的小木屋，或白或红的小屋顶，街道上很少行人，偶尔可以看见白发的老人手牵着手一起慢慢地走过。如果天气好，有太阳出来了，街道两旁能晒到太阳的酒吧生意就会骤然好起来。人们会立刻找到一个阳光最好的座位，要一杯啤酒，静静地欣赏着来来往往的人群。

学会分享

我的小臭丫：

很久没有给你写信了，原因是姥姥姥爷来咱家了，还有四姨。加上到了年底，每年这段时间妈妈工作就会特别忙，家里人又多，很难有个清净的时间。还有就是妈妈在进修 EMBA，怎么说呢，虽然每个月上 4 天课，但还是会感觉时间紧张很多，而且还有很多的作业。不过这个课程对妈妈来说真的很有帮助，提升很大。通过这次学习，我觉得以后给你，我的宝贝，一定要上最好的学校，因为老师的差别真是太大了。不管花多少钱，妈妈都会给你请最好的老师。因为只有这份财富，才会永远升值，一辈子跟随你，这也是我和你爸爸最大的心愿了。

这段日子，你长大了很多，也学会了很多本领。你知道吗，你最大的优点是什么？是大方，是与人分享，是知道和人沟通，这一点我真的没想到。古人有孔融让梨，你才 10 个月大，就知道无论吃什么，总会先给姥爷、姥姥、爸爸、妈妈，真是很孝顺的丫头。当我第一次看到这一幕时，我的眼睛湿润了，太难得，也太感动了。还有，你在四姨一遍遍的训练下，已经学会了再见、欢迎、拍手，哈哈，还有咬人。你这个"小狗"咬人咬得可疼了，把妈妈的皮都咬破了。

广告迷

妈妈的臭宝贝：

　　这两天因为清明节，阿姨回潮州去祭祖，家里就剩下咱们三个。现在的你呀，已经学会爬了，而且爬得很快了，像只小蚂蚁，一会儿爬到这头，一会儿又爬到那边，还不停地要我们扶你走路，去咱家的每个角落巡视一遍。你最爱的地方是厨房，你爸爸开玩笑说："唉，将来也是个受苦的命，这么小就爱进厨房。"哈哈，还有，你超级喜欢看广告，尤其是中央一台的广告，看得可认真了，而且特别喜欢看一款洗衣皂的广告，一看就高兴得手舞足蹈，也许你长大了会选择广告设计这一行，也未必呢。

　　臭宝贝，再有几天，你就要一周岁了。妈妈真的很感慨，这种成长的过程是多么的短暂，时间过得真是太快了。

刚生你的时候也没拍太多照片，太可惜了。不过这几天我和你老爸抽空给你拍了好些照片，我以后会尽量多留一些你成长过程中的照片，这些片段稍纵即逝，所以我想把这些留给你，远比其他东西对你来说珍贵得多，你说呢？

初　吻

我的小丑丑:

　　时间过得真快，你都一岁了，还记得你刚出生时的模样，转眼都快长成"大姑娘"了。你知道你有多可爱吗？胖胖的小手，胖胖的小腿，虽然还不会走，但已经学会了那种正规的匍匐前进，总是奋力地向前爬行，好像个英勇的战士。妈妈有时看着你努力爬向前方，就会任思绪飞快地跳跃，想象着你长大后是不是个好胜的小丫头，一股不服输的样子。不过，我还是希望你的性格里，像你老爸的成分多一些，这样你就可以少吃点苦，女孩子生来应该是被呵护的，被捧在手心里的。

　　还有啊，你学会亲吻了，现在妈妈一回家，只要说"丫丫亲亲妈妈"，你就会小嘴和小脸一起凑上来，很深情，而且很小心地吻一下。哎呀，你不知道这有多甜呀，一天的疲惫、一天的烦恼，都会被这甜甜的吻吸去。而且妈妈现在越来越多会急切地盼着你这一吻，而匆匆往家赶了。

前几天，你生日的时候，我和爸爸带你报名参加了你人生的第一个培训班——早教中心的幼儿早教班。因为爸爸妈妈生你的时候年龄都偏大了些，而且我们又都性格比较内敛。尤其是妈妈小的时候，姥姥姥爷也都年龄大了，而且妈妈和那几个姨的年龄相差又大，所以感觉从一生下来，就生活在成人的世界里。成长的过程中，少了童年这个环节，没有童真，有的只是小大人或是懂事，这些形容早熟的词。所以我和你老爸商量，还是给你报了名，而且在你生日这天，算是爸爸妈妈给你的第一份生日礼物。祝愿我的小丑丑从一开始就有一个快乐幸福的童年，就有一些童年的玩伴、童年的游戏……

　　"卸货"这个孕妈妈的专用词不知道是谁发明出来的，多难听呀，可偏偏好像姐妹们都非常自然而然地被同化了，每个人都梦想着"一卸千斤""一卸了之"，你不会真以为熬过分娩的痛与险，就会迎接一个崭新的天地吧。其实真正考验妈妈的是今后那漫长而又短暂的带娃之路。

　　话说头一年里最纠结的是什么：

　　孩子多久喂一次？

　　孩子吃牛乳是不是不如母乳聪明？

　　孩子到底怎么抱？

　　孩子为什么又哭了？

　　孩子吃点什么辅食？

　　孩子又几天没有拉粑粑了，怎么办？

…………

这哪里还有一丁点卸完货后的神清气爽？放眼望去，多是脸上挂着问号，手忙脚乱、不修边幅的丰乳肥臀。

妈妈也是第一次当妈妈，请一定要放过自己，告诉自己：不是每个妈妈都天生会带孩子，更不是一定要按书操作得一丝不苟。

喂奶早一点晚一点没那么严格，抱她高一点低一点也不会影响骨骼发育，母乳牛乳孰优孰劣好像也是众说纷纭。至于粑粑的问题，只要孩子欢蹦乱跳，少拉点就少拉点呗，这玩意儿也不是多多益善……

倒是妈妈自己，如果黑白颠倒、彻夜难眠、吃啥啥不香、看啥啥不顺，还常常顾影自怜，眼泪像年久失修的水龙头，一碰就滴滴答答，你可千万别觉得这个是矫情、多愁善感。

美国妇产科学会曾提醒，大约 7 个产妇中就有一个有抑郁症，超过一半的妈妈会受到抑郁情绪的困扰。可极少人知道，这是激素的急剧变化导致的，尤其是雌激素和孕激素在生产后会断崖式地下降。

所以说，是病，咱就别拖着，大大方方地承认，这不丢人，倒是你努力地憋着憋着指不定哪天就会憋出个什么"大招"呢。姐妹们，是这个理不？！

唯

会站立

亲爱的宝贝：

　　今天你学会站立了，而且是不用人扶的站立。妈妈下班一回来，爸爸就兴高采烈地告诉我："你姑娘会站了。"果然你自己可以站得很稳了，拿这拿那。我夸奖道："丫丫真棒！"你好像听得懂似的，双手举起，左右摇摆着庆祝。我的小傻姑娘，妈妈真盼望你能快点长大。这些天，中国经历了一场空前的灾难——汶川地震。你还太小，不知道地震是什么，太惨了，一夜之间6万多人就从这个世界消失了，而且有很多孩子，妈妈不敢想象那种骨肉分离的情景。哪怕假设，我都会觉得没有勇气去设想。这里有一首诗写得可好了，妈妈把它记录下来留给你，等你长大的时候读起它，我想也一定会感动的：

《孩子，快抓紧妈妈的手》

——为地震死去的孩子们而作

苏善生

孩子，快抓紧妈妈的手

去天堂的路太黑，妈妈怕你碰了头

快抓紧妈妈的手，让妈妈陪你走

妈妈怕天堂的路太黑，我看不见你的手

自从倒塌的墙把阳光夺走，我再也看不见你柔情的眸

孩子你走吧，前面的路再也没有忧愁，

没有读不完的课本和爸爸的拳头

你要记住我和爸爸的模样，来生还要一起走。

妈妈别担忧，天堂的路有些挤

有很多同学朋友，我们说不哭

哪一个人的妈妈都是我们的妈妈

哪一个孩子都是妈妈的孩子

没有我的日子，你把爱给活着的孩子吧

妈妈你别哭，泪光照亮不了我们的路

让我们自己慢慢地走

妈妈，我会记住你和爸爸的模样，

记住我们的约定

来生我们一起走！

藏猫猫

亲爱的宝贝：

　　这些日子你长了好多本事，已经认识了很多动物、水果，还有灯啊，电视啊，桌子啊，虽然你还不会说，但是只要妈妈问你："丫丫，灯在哪里呀？"你一定会指着天花板给我看。还有，你已经会扶着东西或者牵着大人的手走路了。看着你摇摇晃晃地走路，咿咿呀呀地学语，妈妈意识到，日子过得真的太快了，快得还没听烦婴儿的啼哭声，你就已经变得会大哭大叫了。我亲爱的宝贝，妈妈真希望你能慢点长大，慢慢地让我们多享受一下这段天伦之乐，慢慢地、快乐地生活在爸爸妈妈的怀抱中。对了，还有，你知道你现在每次见到妈妈回来后的第一表情吗？先看一眼，之后飞快地爬到茶几或者沙发边，至少你认为隐蔽的地方藏起来，等我找你。这时的妈妈总会说："抓住啦，抓住啦。"而你会大笑着爬着藏着。

会走路

亲爱的小丑丑：

　　今天是周五，妈妈难得休息在家陪你，这个月你学会走路了。开始的时候摇摇晃晃，像喝醉了酒一样，记得那天你爸爸打电话，兴奋地告诉我说"姑娘会走路了"。回来后，你就在大家的鼓励下小心翼翼地走了几步。虽然只是几小步，可妈妈知道，这已经标志着你人生的又一个里程。而后的日子，你一天比一天走得好、走得稳。不知道为什么，你特别喜欢背着手，从容地迈着八字步，哈哈，真不知道怎么会是八字步，而且一定要手里拿个小包。也许是妈妈和阿姨每次出去都拿包的缘故吧，你也一定要拿一个。为此妈妈给你买了一个桃红色的米奇小背包，你背着可神气了，会第一时间站在镜子前照来照去。我和你老爸都说，我俩没一个这么臭美的，怎么生出个小臭美来了呢。但是你到现在还不太会说话，也不会主动叫"爸爸妈妈"，高兴时会叫几声，但大多数时候你会嘴里嘟嘟囔囔地不知道说些什么。还有，你现在可喜欢去早教中心上课了，阿姨说你在那里可热情了，比别的小朋友都大方，会主动和小朋友握手，和他们一起玩。你呀，真是爸爸妈妈的骄傲。

早教记录

音乐课程成长记录表——音乐 II

PERFORMANCE(表现):

Steady Beat Keeping 节拍跟打	☑Excellent ☐Good ☐Fair ☐Need More Practice ☐ Else_____
Rhythm Pattern 节奏组合学习	☑Excellent ☐Good ☐Fair ☐Need More Practice ☐ Else_____
Playing Instruments 演奏乐器	☐Excellent ☑Good ☐Fair ☐Need More Practice ☐ Else_____
Singing (simple one & two word song) 歌唱(简单的一/二个词的歌曲)	☑Excellent ☐Good ☐Fair ☐Need More Practice ☐ Else_____
Dancing 舞蹈	☐Excellent ☑Good ☐Fair ☐Need More Practice ☐ Else_____
Language 语言能力	☐Excellent ☑Good ☐Fair ☐Need More Practice ☐ Else_____
Cognition(recognition of familiar songs) 辩识能力（识别熟悉的歌曲）	☐Excellent ☑Good ☐Fair ☐Need More Practice ☐ Else_____
Musical Contrast (fast/slow loud/soft) 音乐元素对比（快/慢 响/轻）	☐Excellent ☑Good ☐Fair ☐Need More Practice ☐ Else_____
Social Development 社交发展	☐Excellent ☑Good ☐Fair ☐Need More Practice ☐ Else_____

PARTICIPATION(参与性):

Follow Direction 听从指令	☐Excellent ☑Good ☐Fair ☐Need More Practice ☐ Else_____
Attendance 出席情况	☐ No Absence 全勤 ☑Good ☐Fair ☐ Else_____

* Excellent—出色   Good—好   Fair—一般   Need More Practice—需要加强训练

Additional Comments(其他评价): YY表现很棒哦，她会跟着一起唱"how are you"，平日年次次跟其他小朋友或者是唱完一首歌和的时候她都会很小心地数拍。在用麦克风讲话时，她一般会念两声"ba"，当我们换成三声或四声"ba"时，她就会把最后一个"ba"拖得很长，她觉得拖长了就是念了很多次，真可爱。YY的节奏感也很好，希望YY在金宝贝快乐成长！而且YY的出勤率很高，学习的连续性对小朋友来说非常重要，继续坚持哦。

Center _____

ECD Consultant _____

09/30

一岁半

亲爱的小丫丫：

　　妈妈很久没给你写点什么了，因为妈妈这段日子身体一直不是很舒服。你爸爸带着你和阿姨一起回了趟老家，大家都特别喜欢你，说你很大方，很开朗。知道你整天最喜欢的活动是什么吗？是让大姨她们领着你下楼去追小狗，你一边跑一边叫"来来"，手心朝上，手指一动一动地召唤狗狗，还会上楼梯的时候主动数着"一二一"。而此刻，妈妈也开始慢慢地舍不得离开你了，每晚下班回家都会不由自主地想起你，想起你坏笑的样子、抛球的样子、撒娇的样子，还有咬人的样子……

　　现在的你已经1岁5个多月了，对了，这段时间，你开始每天学习说话了。你知道你会说的第一个词组是什么吗？是"虾虾"。我想等你长大，看到这段的时候，一定会自己笑起来，心里想"原来我从小就这么喜欢吃呀"。呵呵，还有不知道你是不是故意和妈妈作对，只要我们一说"丫丫叫妈妈"，你就会慢慢地、认认真真地叫一声"爸爸"，气死我了。我指着自己问："我是谁？"你依然会说："爸爸。"我接着问你："那爸爸在哪儿？"你又会指着你老爸的方向。

今天爸爸妈妈给你买了件游泳衣，第一次带你去游泳，你怯生生地把小脚丫放在水里，又迅速地缩回来。爸爸抱你下水，你很害怕的样子，但回到家里，又自己趴在地上练习游泳的动作。你呀，真是小精灵。

知道还有什么你最喜欢干的事儿吗？那就是吃糖。妈妈告诉你每天只能吃一粒，你记得可清楚了，早早抱着糖盒，伸出一个小指头，笑嘻嘻地看着我。对了，你今天让妈妈好感动，知道为什么吗？因为你等了很久，终于在吃完早饭后，爸爸发了一粒糖给你，于是你迫不及待地塞到嘴里。妈妈说："丫丫给妈妈吃好不好？"你迅速地从嘴里拿出来给我。虽然只是一粒小小的糖，但妈妈已经觉得很甜很甜啦，我的宝贝。

换昵称

丑丑：

呵呵，这个名字你喜欢吗？这是你老爸给你起的，他最喜欢这样叫你了。丑——欸——"欸"字拖得很长很长。我想等你长大了看到这一段的时候，一定会在心里默默地学一遍，会想这种叫声是怎么样的一种声调呢，是不？我估计一定是的。

这些日子，姥爷姥姥还有山东的大姨来我们这儿过冬，你的生活一下变得丰富了很多。因为家里一下多了这么多人，住不下，我和爸爸就给他们在同一小区的另外一栋租了套房子，每天带着你去那儿串门。不过那边的楼下有滑梯和小马，还有小汽车，你每每走到那里，总会飞一般地跑过去，一遍遍地从滑梯上上来下去。别的孩子都是屁股坐着滑，而你不敢，就倒过来趴着滑，那个小样子可得意了。对了，这儿还有跷跷板，没有其他小朋友的时候，你老爸会站在跷跷板的一边，用力压下去，把另一头的你举得高高的，妈妈得扶着你，怕你摔下来。这一刻的你笑得好幸福、好灿烂，但妈妈知道你太小了，这些印记是不会留在你脑海里的。可这一刻，你真的好幸福，爸爸妈妈也觉得好幸福，因为有你，我们的小丑丑，我们的生命鲜活了起来。

过家家

可爱的小丑丑:

又有两个多月没有记录你成长的过程了,这两个月里,你学会和妈妈玩过家家了——你模仿大人给你洗澡的流程,一遍遍给妈妈洗头、洗身体、洗衣服,对了还要抹香香,洗完衣服还要抖一下,然后晾上。你说你的模仿能力多强呀!这时的你也不过才1岁7个月。还有,你学会认一些字了,刀、鱼、江、海、米……每当你找到一个字,就会很得意地叫着,还要大家为你鼓掌,谁不鼓掌都不行。呵呵,小宝贝,这段时间妈妈一直在考虑你将来上学的事儿(我想你长大后,看到这儿一定会想,我妈有病啊,这么小就考虑我上学的事儿)。其实时间很快就会到了,关键是方向得定下来,明年或者后年你就该上幼儿园了。开始的选择可能会影响你的一生，也许你看到这儿会不明白，其实它就好比道路，走对了会少走很多弯路，而且路上有树呀，花呀，鸟儿呀，你会相对快乐地走到目的地。可如果走错了，虽然也能最终走到终点，但也许一路上会艰辛很多。这些道理，等你长大了妈妈再给你讲吧。

爸爸的跟屁虫

小小丑：

你又换新名字了，喜欢不？今天是中国的传统节日，春节，也是你生下来度过的第二个春节了。今年的你可是比去年有了翻天覆地的变化，能说会跑，会跳会叫，会生气，还会叫妈妈的外号。每当你看到妈妈时，就会先小小声叫一声"妈妈"，然后就大叫一声"大丑丑"，再飞快地跑到姥爷或者姥姥身边寻求保护，或是等妈妈来抓你，你说说你有多坏。

这些天阿姨回家过年了，每天你都要和爸爸妈妈在一起，晚上一定要爸爸陪你睡觉。昨晚你爸爸洗澡，妈妈怎么说，你都不肯乖乖地在你的床上等着，哭着抱着你的米老鼠追到洗手间，坐在马桶上等爸爸洗好出来，才肯被抱上床。你老爸已经连续几天没有睡好觉了，但他只要一看到你那个小赖皮的样子，就是再累也不会自己去睡觉。你说说，这么好的爸爸到哪儿去找呀，是不是，我的小丑丑。所以你和妈妈都应该珍惜爸爸，他带给咱俩最大的幸福和快乐，用你爸爸的原话说就是"你俩一个是我的大宝贝，一个是我的小宝贝，哪个也舍不得动一下"。哈哈，得意吧，要不是我眼光好，哪儿能给你找到这么好的老爸呀。

有样学样

亲爱的宝贝：

今天是周末，前几天一直下雨，而且挺冷，今天终于见到太阳了，很蓝很蓝的天。早晨爸爸和妈妈带你去超市买东西，走的时候问你去哪里，你说公司，妈妈就问你去公司干什么呢？你说买东西，上班班。哈哈，太搞笑了。快两岁的你，很乐观，也很活泼，整天笑眯眯的，而且会背好多首儿歌，还有《三字经》中的一小段。虽然是小小的进步，爸爸妈妈也已经很高兴、很骄傲了。还有，你会比同龄的孩子有礼貌，见人会主动说"你好""早上好"或者称呼"叔叔""姐姐""阿姨"。你阿姨说小区中有一个婆婆天天带着孙子出来玩，有时候遇见你，你会很甜地叫"婆婆好"，逗得那个婆婆一个劲儿地夸你。昨天你说出一句让你老爸很吃惊的话："哎哟，累死我了。"说得很认真，把你老爸乐坏了。

老人说 3 岁看老，爸爸妈妈在这些日子里越来越深刻地体会到，孩子是一点一滴培养的，比如礼貌，比如规则，比如习惯，比如爱心，比如耐心。我们也在努力地给你做出一个好的榜样，孝敬老人、相敬如宾、礼貌待人等等。这将会是你一辈子的财富，将来等你长大了，你会发现这些品质多么的重要，它会深深地影响着你和你的下一代，一定会的。同时，我们也在不断地提醒自己，丫丫会看着我们，会学习我们，所以我们一定要自省、自律，否则我们的宝贝是不会优秀的，因为我们是她每时每刻的榜样。所以为了你，我的宝贝，妈妈也会努力地工作，乐观地生活，知道吗？好啦，我要去买菜了，小丑丑。

小别离

宝贝：

　　妈妈明天要送姥爷姥姥回老家了，这半年你给他们带来了无穷的乐趣，妈妈觉得你姥姥一见不到你，就跟丢了魂似的。姥姥这两天一直会哭，一想起走了离开你就会哭，可是你并不知道啊，每天都会逗她，或者叫她的名字"玉珠，走西口"。呵呵，《走西口》是中央电视台现在热播的一套电视连续剧，你也记住了它的名字，每天背个小包要走西口呢。姥姥姥爷这一走，又是半年的时间，说句心里话，妈妈还是很担心的，因为他们的年龄毕竟大了，每一次的分离，妈妈总是会担心成为永别。这一点，妈妈和谁都没说过，包括爸爸，因为别人都无法理解妈妈的心情，那种既矛盾又不舍的心情。

2 岁

宝贝:

　　今天是你两周岁的生日,一大早爸爸妈妈和阿姨带你去照相,你表现得很好,很配合,妈妈给你挑了几套衣服,风格各不相同,有运动的,有时尚的,有韩风的,还有一套古风小公主的。不同风格,不同味道,不过你老爸觉得你的气质还是穿中性风的会好看一点。最搞笑的是你的身材,很多衣服穿在身上都是紧紧的,还没法扣扣子。你还自己告诉人家,"我36斤了",还有"我2岁了"。这些天,你的语言表达能力突飞猛进,太厉害了,你还会用家乡话唱几首儿歌。而且你和妈妈的感情也越来越深,只要妈妈在家,你就会像个甩不掉的小尾巴一样跟着我,去这屋、去那屋……这一天很多叔叔阿姨来给你过生日,还有姥姥姥爷和几个姨姨也都给你买了好多礼物。你真幸福，宝贝，不因为别的，而是有这么多人记得这么一天。妈妈很欣慰，因为这个日子已经成了我生命中最重要的一天，慢慢地超过了任何一天，你知道吗？妈妈也祝我的宝贝，永远幸福快乐，永远永远。

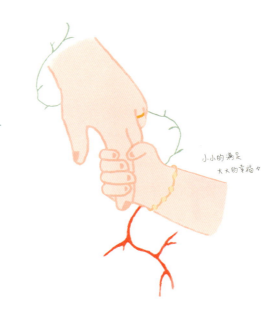

小小的满足
大大的幸福々

姥姥生病

宝贝:

　　这两天你生病了，闹了大半夜，每晚都因为不舒服在闹腾，妈妈也没休息好。昨天晚上更是，感觉我只睡了两三个小时。但妈妈做了个梦，梦见你姥姥自己买了双新鞋，鞋面有朵黑色的小花，突然就惊醒了，好清晰的梦，为什么会是这样的梦？现实中的姥姥，至少有 20 年没有自己买过衣服、鞋子了，想到前几天姥姥有些感冒，我抓起电话约了医生，带着她就走

　　"我不去，我没病。"你姥姥一如既往的固执，每次带她去医院都像是一场战争，准确地说，此刻的姥姥更像个斗士，一副宁死不屈的样子，而每次都以我装苦悲才妥协。"妈，求你了，你看我年底这么忙，你要再病了我真

顾不过来，丫丫又这么小，咱趁早看看，吃点药，这样我也安心了行不……"那行吧，随便看看就好。"我赶紧谢恩，飞快地奔去，生怕耽误一会她就又变卦了，翻脸比翻书都快就是她老人家的现实表现。

双肺感染，我的心瞬间就拧巴起来，我的梦又跳了出来，80多岁，谁都劝我应该有心理准备了，这些年，姥姥每次病重，这些善意的提醒就会响起。但我从没觉得是高寿了，也始终没做好心理准备，我知道，我这是在刻意地逃避，生老病死是谁也逃不出的规律，可我就是无法接受。夜深人静的时候，我告诉自己，她们是人不是神，总有一天要离开我的；我是人不是神，控制不了时间的流逝。我想，无论我的外表如何的成熟，也许我的内心深处因为父母的健在，依然觉得自己是个孩子，是个有爸、有妈，有人疼的孩子……尽管他们的意识已经不是十分的清醒，尽管他们表达情感的方式已经非常有限，但他们依然会用颤抖的手夹一块肉悄悄放到我碗里，依然会把我剥给她的瓜子仁留几颗硬塞进我嘴里……这一刻，我觉得我还是个宝贝，至少在你姥姥的心里，我这个心肝宝贝的位置几十年都没改变过排序，假如有一天她不在了，真不知这世上我对谁还会如此的重要。想来，我不愿接受的真相可能正是如此吧，和孝敬无关，和准备充分无关，只和我自私的内心相关，我怕他们扔下我，我怕此后这世上没人再会如此地深爱我，只不过我从不敢拿出来示人而已……

　　所以说，如果连这一己私欲都能披上孝敬的外套招摇过市，这世间还能有几句温情经得起深情的凝视，还能有几滴眼泪经得起岁月的守望……好吧，是时候告诉我自己，该长大了，我已经是成年人了，我的爸爸、妈妈已经很老了，他们已经在尽全力陪伴我了，我要开始学会自己爱自己了，只要我一切安好，他们的天空就会永远阳光灿烂……

　　"青青的草地 蓝蓝天，多美丽的世界，大手拉小手带我走，我是妈妈的宝贝，我一天天长大，你一天天老，世界也变得更辽阔，从今往后让我牵你带你走，换你当我的宝贝……"屋内传来你甜美的童声，生命的轮回此刻显得那么自然，只是我从未正视它而已。所以说，宝贝，好好过完这一辈子吧，如果依旧不舍，咱们来生再约。

调皮鬼

宝贝：

此时此刻你坐在我旁边说："妈妈你画一个娃娃，我画一个吧。"呵呵，有意思吧。你已经会表达很多思想和想法了，你现在又说："妈妈，你写个丫丫的名字吧。"这两个月你的语言表达进入了一个爆发的阶段，会说一段一段的话，有时很像个小大人。对了，前几天你生病了，可能是妈妈传染给你的感冒和扁桃体发炎（天呐，你要尿尿……），等我冲完尿盆回来，你已经把我的本子画得乱七八糟了，想想也好，等你长大了，自己看看你的杰作吧（你又跑走了），我没法写了，得去追你了。

小米粒

我亲爱的小米粒：

　　这个名字好听吧，这是你给自己起的第一个名字，而且还要让我们以后都改叫你小米粒。这段日子妈妈太忙了，EMBA 的课终于上完了，开始写论文了，整天连续地坐着不动，妈妈的腰椎疼好像又犯了，挺难受的。而爸爸在前些天领你去水上乐园玩的时候，为了保护你，摔了一跤，走起路来也是一瘸一拐的。我开他玩笑说，我俩像一对残疾夫妇。

　　这段日子你发生了很多有趣的故事，比如，每天晚上都要让妈妈陪你玩医生打针的游戏，你当医生，我当病人。你的程序是很标准的，洗手，拿着听诊器，听完取下来说"你的腿'感冒'了，打个针吧"，然后假装从消毒柜里取出针管，开始打针，边打还边安慰妈妈，说："不疼的，你别哭，要听话。"

对了，你还喜欢表演"高空跳水"，让我模仿主持人说："下面有请泳坛新秀，小米粒小朋友给大家表演高台跳水。"说到这，你就会扑通一声，跳着趴倒在地毯上，眼睛看着我催促道："妈妈说呀。"我于是又说："接下来这套动作，是小米粒小朋友自创的水上乐园舞蹈，大家欢迎！"这时候你就会蹦呀，跳呀，转圈呀。我接着说："这套动作，是小米粒小朋友在家勤学苦练几天练成的。"哈哈，看到这儿你一定会笑吧，有一天，爸爸在卫生间洗澡，听完咱俩的对话，出来说："我让你吹捧得都听不下去了。"好了，今天就到这儿吧。

米粒虽小
泡得娘心 ♡

第一次出游

亲爱的宝贝：

国庆节的时候，我和爸爸带你去了桂林，可是一下飞机你就病了，我们从机场出来就直奔医院。你知道你有多乖吗，做皮试、打点滴，你一声都没哭，还说"医生你轻点给我打针吧"，妈妈问你疼不，你说"一点点疼，丫丫最勇敢，我不哭……"妈妈真为你感到骄傲。唉，很遗憾我们一家人第一次出游的第一站，没想到是医院。第二天，你好一点了，可是你老爸又病了，而你这个小赖皮一步都不愿意走，就趴在爸爸身上。

这个假期真是过得很特别呀。不过回来以后，你还能给妈妈讲述旅途中发生的故事，"我们坐船了，我们抓鱼啦，还有一个大鸭子飞到爸爸头上去"。哈哈，其实那是鱼鹰。你还会说"桂林山水甲天下"，厉害吧。将来你看到这儿，一定会自己臭美很久的，想想这时你也就只是个2岁半的小人儿。

选幼儿园

宝贝:

　　这段日子妈妈有太多的事情要忙啦，要论文答辩，还要照顾你姥姥，她身体一直不舒服，又在 1 月 26 日动了手术，置换了一个股骨头。而你爷爷在老家也生病了，爸爸回去了一段时间照顾他，妈妈真是心力交悴，承受着你想象不到的压力。妈妈在想，将来我的宝贝也要面对这上有老下有小的压力，而妈妈是多么不愿意，也不忍心看到你累倒。可也许那时，妈妈已经老得有点糊涂了。所以，我只有从现在开始，在心里一遍遍地提醒自己：将来千万别给孩子添麻烦，千万别让她为了照顾我这么劳累，千万让她轻松点活着……

　　明天爸爸就要带你去幼儿园了，不知道你会不会不适应，这家幼儿园是妈妈和爸爸实地调研比较下来才决定的。很遗憾，我小时候从来没有上过幼儿园，我童年的记忆只有一点点的趣事，没有多少小伙伴。所以，妈妈一定要让你的童年在快乐和欢笑中度过，这是我最终选择这家幼儿园的主要原因。几次进去，都看到孩子们快乐地奔跑在园里，一点儿没有压抑和不舒服的感觉。当时妈妈就想，贵就贵点吧，只要我的宝贝能快乐成长，再贵也是值得的，你说对吗？

初入幼儿园

亲爱的宝贝：

今天是你上幼儿园的第一天，标志着你的人生开始了一段新的旅程。一早爸爸送你过去，之后他就消失在了你面前，但他并没有走开，而是在监控室里关注着你。而妈妈也是一会儿打一个电话问爸爸："怎么样，哭了没？"担心的一天终于结束了，下午爸爸很早就去接你了，你兴奋地在电话里大声跟我说："我亲爱的妈妈，我想你了，我在幼儿园吃饭了，我们班有好多好多的小朋友，还有滑滑梯……妈妈你快点回来，我等你，好吗？"你知道妈妈听完多幸福，同时又多自豪吗？你老爸也很自豪地说："姑娘问题不大，放心吧。"

小男生出现

　　好景不长，两天的新鲜劲儿一过，你意识到上幼儿园不是短暂的游戏，而是长久的事儿，开始不愿意了，哭着抱着爸爸的大腿说："爸爸你别走，我和你一起走。"其实，爸爸妈妈也很不忍看到你这样啊，但是宝贝，这是人生必需的经历呀，妈妈知道你会很快、很快度过这段日子。

　　对啦，还有一件事，小陈老师说，你们班上一个3岁的小男孩儿回家给他妈妈说："我最喜欢我们班的丫丫了，丫丫非常有礼貌，而且学习好。"还听老师说，他妈妈来接他的时候，专门要看看哪个是丫丫。哈哈，妈妈听完也专门去看了看那个小男孩儿，不错呀，也是你们班上最帅的了。估计，哈哈，你若干年后看到这一段，一定会想："我老妈没搞错吧，不到3岁就开始选女婿了吗？"宝贝，因为爱情总会让女孩子尝尽酸甜苦辣，妈妈多希望你能一生幸福。

第一次目送

宝贝：

今天是妈妈第一次送你上幼儿园，你已经不哭啦，而且还可以很开心地去了。早晨，当你牵着爸爸妈妈的手看见老师的那一刻，会礼貌地放开，去拉起老师的手，与老师拥抱亲吻，然后和小朋友手拉手排队进教室。对了，你还会笑着和爸爸妈妈说："拜拜！"你知道吗，妈妈转身的那一刻，早已控制不住，泪水顿时涌出，是激动，是感动，是突然觉得你已经不是襁褓中的孩子了，已经在不知不觉中长大了。那也就意味着，你不需要爸爸妈妈的日子，也在一天天走近了，那是多么令人无法接受。

所以，妈妈当下就下了决心，一定要在你还需要我们的时候，尽可能多地抽出时间来陪你。因为这对于我们，若干年后，是多么珍贵的一份礼物啊，而且这一刻的美好稍纵即逝。等将来你做了母亲，就会亲身经历妈妈每一点一滴的感受。所以说，宝贝，妈妈今天记录下这些，只是希望能在将来对你和你的孩子有一点小小的影响，不要留下太多的遗憾。

宝贝终于要准备上幼儿园了，我们也渐渐适应了我们的新角色，开始慢慢地学会怎么熟悉起这个娇弱的小生命。

一个矛盾克服了，又一个矛盾产生了。在任何时间、任何地方、任何人身上，总是有矛盾存在的，没有矛盾就没有世界。

幼儿园到底选公立还是国际？

孩子能适应幼儿园的生活吗？

孩子在幼儿园被人欺负怎么办？

兴趣班到底报哪个？

孩子为什么胆那么小？

孩子怎么又生病了？这段已经第几次了，怎么办？不会是先天免疫力低下吧？

…………

这样的问题，一想起就会让咱顿时百爪挠心、焦头烂额。

带娃几年下来，我发现再厉害的育儿理论也赶不上现实的变幻莫测。

每一次阶段性的小胜利都是靠自己用时间、精力、智慧去换取的，而这中间又夹杂着多少个日日夜夜的辗转反侧，真是只有在养育的过程中才能一次又一次地重新认识养育我们的爸妈。牛、真是太牛啦，在一而再再而三的消耗战中，从不抱怨、乐此不疲，这需要多么强大的内心和体力！

"养孩子也是个熟练功，一回生二回熟。"这是我睿智的老母亲给出的最精辟的答案，细品品好像真是如此。

现在如果一切让我重演，我的答案很简单：幼儿园公立还是国际不重要，孩子心理状态是不是快活最重要。各种研究表明，幼儿期的孩子不是一张白纸，幼儿期是早期教育的最佳时期，恰当的心理教育会对孩子的一生产生积极正面的影响，在这一时期，孩子在幼儿园能经常获得老师的表扬和同伴的赞美，心中充满了愉快的感觉，这就足够了。

那是不是说，孩子在幼儿园只要快乐，我们就可以做甩手掌柜高枕无忧啦？当然不是，我们要转型做个优秀的地下工作者，为什么这么说呢？其实再高大上的幼儿园也教不了太多的东西，幼儿期的表现基本上不是靠智力优劣来分层次的，而主要是家庭教育的结果，家庭教育在一定程度上导致了孩子们在课堂上的表现是不是积极主动、懂得分享、学会感恩、礼貌待人、情绪稳定……

所以姐妹们一定要利用家庭教育的有利地形，给孩子做好启蒙教育，让孩子在幼儿园里能有发挥的空间，形成良好的学习心态，这对日后的学习绝对有好处，至少不要让孩子在小群体中产生自卑情绪。如果能让孩子在她的朋友圈获得自信，那是最好的，其实要做到这一点并不困难，我们可以背着孩子和老师建立一个优质的沟通渠道，让老师全方位地多了解孩子的性格特点、多发现孩子的优点、及时反馈小朋友的小情绪，这时候只要老师动动小指头，稍加引导，假以时日咱的小树苗就会一天天地茁壮成长。

古话说，3岁看大，而3岁的这一程，父母才是对她影响终身的人，很多从小培养起来的习惯，几乎一生都很难改变。所以真没必要拼命弥补劣势，而应该尽可能利用自身的优点带娃上路。

荣格不是说过吗：父母对孩子最不好的影响，莫过于让孩子觉得，他们的父母没有好好过日子。

好的教育，从来不是牺牲自己，帮孩子负重前行，也不是让一家人活在焦虑中，终日煎熬。

姐妹们：放松下来，经营好生活，让孩子在舒适感中体味到人生的美妙，这才是最好的教育。

趣

阿姨转岗

宝贝：

　　这段时间，爸爸和妈妈替你做了个决定，让阿姨去照顾姥姥姥爷，我们自己带你。原因是，我们觉得你一天天长大，越来越依恋阿姨，而阿姨自从她丈夫去世以后，也似乎把全部的感情都给了你。之前还不太明显，直到有一天你对着我说："我不是你的孩子，我是阿姨的孩子……"你知道妈妈听到这句话，心里有多难受吗？还有，每天爸爸从幼儿园接你回来，你第一句话就是："阿姨呢，阿姨在哪儿，我要找阿姨！"甚至连你最爱坐的电马，你都放弃了，只为了要和阿姨在一起。说句心里话，妈妈也觉得这个阿姨对你很好，但因为你还小，根本没有分辨能力，而阿姨有时也有些固执己见，比如，她认为在你所有的事情上，一定要按她的决定办，包括穿什么衣服、剪什么发型，呵呵，感觉你的风格越来越像她女儿。每次妈妈看到你和她无比亲热的样子，心里都会酸酸的，因为我才是你最最亲的人呐，虽然没有阿姨和你在一起的时间多，妈妈也是尽心尽力地在做一个好妈妈。我的宝贝，这一点也许要等你将来有孩子才能体会到。

拼积木

宝贝：

　　6 年前的今天是妈妈（彻底）离开老家来到南方的日子，那天，妈妈一个人离乡背井，自己拿着行李箱，坐上早班 8:45 的飞机，一路哭哭啼啼地飞到南方。那个时刻，妈妈现在回想起来，都是很凄凉的。所以说，宝贝，人生有时就需要坚持，其实痛苦就是那么一瞬间的事情，咬咬牙，坚持过去就会好的。如果妈妈当初不坚持走出来，也许就没有你了，我的宝贝，至少没有你现在幸福的生活。

　　昨晚洗完澡，妈妈陪你搭积木，这是你第一次完整地按照图案拼出一模一样的。其间有几次你不想搭了，就说："妈妈你帮我把那个拼出来吧。"我说："不行。"你问我："为什么不帮我？"我解释道："宝贝，妈妈不能永远帮你呀，所以你从小就应该学会自己独立地去完成一件事。"后来，你有一个地方拼不好，又开始撒娇："妈妈我们不拼这个图了，我们拼另外一个吧。"妈妈还是坚持你一定要拼完这个，才开始拼下一个。当你终于拼出一个完整的图形时，我俩欢呼着拥抱在一起，你、我、爸爸三个人把手叠在一起庆祝道："耶！"我不知道这样教育你对不对，但我想，很多习惯都是慢慢养成的，比如独立，比如坚持，比如有始有终。

碎钞机

宝贝:

妈妈今天在整理书桌的时候，找出了些发票、收据，本想丢了，但想了想还是留给你做个纪念吧。妈妈留下它们，不是想你将来回报，只是想让你知道，我们是在尽自己所能，从小让你接受最好的教育，并培养你在各方面全面发展。希望有一天，你看到它们的时候，能理解我们的这份苦心。我想，不是所有的父母都会这么做的，我身边也有不少朋友，家境比我们富裕，但他们在孩子的教育上并不会投入那么多，他们觉得幼儿园就这么贵，不划算。妈妈不这么认为，妈妈觉得很多好的习惯、优秀的品质，都应该是在幼儿时期培养出来的，至少应该是从1岁就开始养成的，5岁以后很多习惯就很难改了。

　　记得诺贝尔奖获得者在巴黎聚会时，有人问其中一位，说："你在哪所大学、哪所实验室里学到了你认为最主要的东西呢？"出人意料，这位白发苍苍的学者回答："是在幼儿园，在幼儿园学到把自己的东西分给小朋友们，不是自己的东西不要拿，东西要放整齐，吃饭前要洗手，做了错事要表示歉意，午饭后要休息，学习要多思考，要仔细观察大自然。从根本上说，至今为止，我学到的全部东西，就是这些。"

狡猾的小白兔

亲爱的宝贝：

　　这段日子你完全可以和妈妈无障碍沟通，又长胖了很多，哈哈，都快 50 斤了。我有点担心你的身材，可你依然我行我素，见到红烧肉时，激动得很呐。还有，咱们搬家了，这么做是因为爷爷要长期和我们住在一起了。这样，我们原来的房子就太小了，阳光也不是很好。我喜欢一早起来就能见到暖暖的太阳，你的房间就是这样，才 8 点钟，太阳就照得满屋都是，你也很喜欢这个新家。

　　还有，这段时间，你学习也非常认真，很专注，尤其是英文，字母已经背得很流利了，妈妈很喜欢你认真学习的样子。你还会举一反三，妈妈真的为你感到骄傲。讲个小故事吧，周日妈妈第一次带你去麦当劳，你对薯条表现出极大的热情，我买了两份，看上去我的多一点，你的少一点。你马上说："妈妈我先尝一下你的行吗？"你就开始吃我的，过了好一会儿，才开始吃自己那份。呵呵，你这狡猾的小白兔。

潮 州

宝贝：

趁放假我们带你去了潮州。潮州，之前对一个金牛座来说，第一印象一定是粿，一种有着浓郁地域特色的吃食，粿条、沙茶粿、猪肠粿汁、猪肠糯米粿、咸水粿、糕粿、草粿、麦粿、笋粿、饭粿……粿究竟为何物？在潮州，这满大街都是各种粿，不由得让人对它充满了好奇之心。

粿并非甜点，非主食又亦是主食。潮州的粿品，因原料、形状、蒸制上的不同而呈现形式多样、品种繁多，据不完全统计，潮汕地区粿品达数百种。起源于祭祖先需要用面食做供品，因南方不产小麦，故以米食做供品。查阅《康熙字典》中关于"粿"字的解释，其注为净米、米食，因此得名粿品。后来随着时代的变迁，粿已经深深植入潮汕人的文化里，凡年节酬神、祭祖、神诞、婚丧嫁娶、馈赠亲友以及四时养生（药膳），都要用粿，已经形成一种独特的粿文化。

可真正在这座城市走了一圈后发现，粿果只是烟火下的日常，这座城市真正的灵魂是我们当今社会最缺少的感恩思维。难道不是吗？韩江、韩山、韩祠、韩师、韩堤、韩山师范学院等等，无一不表达了潮州人以一切方式对韩愈的感恩和纪念。

正所谓："不虚南谪八千里，赢得江山都姓韩。"大国之内除此应别无二处了，"感恩"对于个体都已经是少有的品质了，更何况能深深地根植于一座城市的每一处山山水水中，至此，不由得让人对于这座古老的城市肃然起敬。而韩愈作为一方父母官的代表，想来也应该是当下千千万万为官者所追求的最高境界了。

为官一任，造福一方，无论公职还是私企，只要能有一方可供施展的天地，就理应做一些功德无量的好事。力求恪尽职守，公道自在人心。

宝贝，妈妈想努力地策划，在你还愿意跟着我们出去的日子，尽量地多去走走。其实不是为了一程山水，更多的是记录每一次的更迭与来去，这对于我们都是一段难忘的岁月，只因其中有自然的风景，旖旎美丽，有自己的故事，动人心弦。让我们在岁月的催促和蹉跎里，守着花明月净，守着现世安稳，守着一份心若安好便是晴天的信仰，慢慢欣赏，慢慢陪你一天天长大。

升　职

亲爱的宝贝：

　　又有很长一段时间，没给你写信了，主要原因是从去年年底开始，妈妈的工作有了新的变动。告诉你，我升职了，为我骄傲吧，小丫头。这个位置对妈妈来说，还是很难的一大步，因为太多人竞争了，而且光靠努力的工作是不行的，想升到这个位置上的人都很努力。还好吧，也许这应验了"富贵有命，成事在天"，整个过程比较顺利，6月7日刚刚接到上级的批复。这对于妈妈和我们这个家无疑又起到了一个加固的作用，尤其是对于你，我的小丑丑，又多了一份安全和保障。因为到了这一步，妈妈就不会轻易失业了，而且收入也比较稳定了。这样，我想对于养育你长大和接受好的教育就应该没有太多的顾虑了，你爷爷奶奶、姥姥姥爷的养老也应该没有大的问题了。还有，你爷爷已经搬来和我们一起住了，因为他老了，需要人照顾，而爸爸因为要照顾你，也没法一直在老家陪伴他，所以就把他接来了。你和爷爷相处得很好，你很懂事，也很关心爷爷。

你知道吗，你现在会对着你爸爸说："大哥，拜托你想一想好吗？"哈哈哈哈，太搞笑了，而且你和妈妈也越来越亲密，每天都是要亲十遍八遍的。对了，上个月你爸爸生日，带你和爷爷去了新加坡和马来西亚，你很开心，照了好多照片。但是妈妈也已经开始有点小小的担心了，一是你太胖了，才5岁多，就已经56斤了，肚子和胃圆鼓鼓的。你这段时间超级喜欢白雪公主，尤其是白雪公主的裙子，六一前爸爸妈妈带你去商场，想买条裙子给你，可谁知试完了所有的款，都穿不上，你也很不甘心。二是你对学习的兴趣不是很大，这让我很纠结，妈妈只好天天主动陪你看书，讲故事。但你不喜欢讲故事，你最喜欢过家家，那我就只好从过家家、买东西开始，给你启蒙数学的教育。

反　思

宝贝：

从今天开始，我打算过一种全新的生活，因为我的身体情况非常糟，我开始深刻反思为什么会这样。这应该是我的性格使然，如果我的性格依然这样，其实是没有人能帮得了我的。之所以不快乐，是因为我太追求完美了，给自己太大的压力，以至于身体开始抗议。所以说，宝贝，为了你，也为了我自己，我都应该彻底地做出改变。一，放慢工作节奏，每天限制自己的工作量。二，每天坚持运动一小时。三，开始学习各类从未接触过的事儿。四，给自己一次说走就走的旅行。五，每天记录一件美好的事情。先这样吧，写好，能执行就很不错啦。

降　温

宝贝：

今天降温了，凄风冷雨中突然想起初到南方的冬天，孤独无助，每天下班，抬头望见高楼矗立在对面，那么伟岸而又不可一世，环顾四周，满街的灯火阑珊，却没有一个是下一秒我该去的地方，就这种天，淫雨霏霏，要不就痛痛快快地下一场，可它偏偏这么丧着个脸。每天回到宿舍，屋里更冷，租住的是北向的房，那一刻特别怀念故乡的家，一进门温暖就扑上来拥抱住你，一分钟融化你所有的冰冷。直到有一天，你老爸来了，买了个电炉子，那个屋里才算有了点温度……一晃，快十年过去了，古人云："吃得苦中苦，方为人上人。"还好没辜负这些名家名句，总算在这大湾区混了间太阳能照进客厅的大房子，生了个不算太丑的小狗子，如此想起，你妈咪还是很牛的吧。

6 岁

宝贝:

今天是你 6 岁的生日，随着你一天天长大，妈妈越发享受老天给我的这个礼物。你很乖巧，很乐观，很聪明，也很体贴别人。这段日子发生了一场小意外，你的手在幼儿园被小朋友不小心撞到热水瓶，烫伤了。妈妈好心疼，可你却说："不是小朋友故意的，没事啦。"

马上就要面临上小学了，爸爸妈妈很纠结到底给你选怎么样的学校。征求了很多人的意见，每个人都说法不一，最后我想，还是选择去更适合你的小学吧，回想我的童年，没有多少快乐的回忆，学习的过程令我很恐惧，留下了很深的阴影。所以我不想让你再去经历这些了，爸爸妈妈就你一个女儿，我希望你的成长过程是快乐的……但愿我的决定是正确的。

上小学

宝贝：

再过两天你就要上小学了，时间过得太快了，刚刚妈妈在翻看记录的时候，思绪慢慢地随着这6年多一点点、一点点地移动。我真不想让你这么快长大，这么快就要离开我们……

回顾这6年多的时间，爸爸和妈妈因为有你，过得非常幸福，你是个特别乖巧、聪明、孝顺，当然还有点敏感的孩子。你能从电话里感受到妈妈今天是快乐还是不快乐，能从妈妈的一个眼神里看出想表达的意思，能每天在固定的时间给妈妈打个电话，问："妈妈你几点回来？要给你带点吃的吗？为什么不需要，吃一点嘛，好不好，好不好嘛……"

这 6 年，你增长了很多的见识，去了新加坡、马来西亚，以及国内的很多城市：香港、成都、南京、厦门、宁波……当然还有每年一次的回乡之旅。通过旅行，你知道了欣赏美，知道了旅游的乐趣，也知道了出去玩应该遵守的规则。

6 年来，你参加了几次全省的英语口语大赛、儿童舞蹈大赛、钢琴考级等等，爸爸妈妈让你参加这些，并不是希望你去拿第一，而是想让你增加自信，不会怯场，不要害怕。事实证明，现在无论在什么场合，只要你愿意，一定会落落大方地出现，你的字典里现在应该没有"怯场"这个词。

这 6 年的生活里，你初尝了朋友的味道。你们班有一个叫思思的小女孩，有一天你和妈妈分享了一个小秘密："妈妈，今天我上科学课得了一个玩具，我很喜欢，但是给了思思。"我问你："为什么呀，既然你那么喜欢？"你回答说，因为思思告诉你，如果你给她，她就和你做朋友。我说："你们不是一直都是朋友吗？"你说："她后来又不和我做朋友了，她说除非我把玩具送给她……""那如果你给了她，她明天又不和你做朋友了，怎么办呢？"我问你。你想了想说："不会的，因为她承诺我了啊，她应该不会骗我的。"

第二天看着你闷闷不乐的样子，我就知道结局了，我问你："宝贝，今天怎么不开心呀？"你摇摇头说，没什么，妈妈也没有追问。晚上，妈妈陪你玩积木，玩了一会儿，你突然叹一口气说："妈妈，思思还是骗了我，她又不和我做朋友了。"我想这是你第一次经历欺骗吧，妈妈看着你很伤心的样子，就告诉你："宝贝，如果她欺骗了你，那说明首先她是个不讲诚信的人，其次好朋友是相互的，而不是靠礼物来换取的，这样的友谊不值得你去伤心。"妈妈不知道用成人的标准来给你解释这一切对不对，我只是想，让你幼小的心灵能够有择友的标准。

所以说，宝贝，人的一生中，其实能成为好朋友的人并不多，从童年建立的友谊更是珍贵。所以，妈妈希望你能交到一个和你一样善良、真诚、乐观的小伙伴，能伴随着你的童年，快乐地一起成长。

丑的来历

宝贝：

　　昨天晚上，我们在床上度过了一段十分温暖的时光，我把对话记录下来，供我们以后细细地回味吧。

　　爸爸："你以后叫你姑娘'丑'吧。"

　　妈妈："是吗，为什么呀？"

　　丫丫："我就要你们叫我'丑'，我喜欢。"

　　妈妈："那你从丑、小丑、小妞、乖乖女、丫宝、甜心、小公主这么多名字，挑出最喜欢的吧。"

　　丫丫："我喜欢你们叫我'丑'。"

　　妈妈："好吧，那以后你们同学来咱家，我们也叫'丑'吗？那同学们会说，你长得又不丑，为什么要叫你'丑'？"

丫丫："不行，只有我们三个人在的时候才能这样叫，因为我觉得你和爸爸这样叫我，很温暖。"

这时候你看到妈妈戴着一块翡翠的佛牌，你拿在手里看了半天。

妈妈："你喜欢吗？"

丫丫："喜欢。"

妈妈："那妈妈送给你好吗？"

丫丫："我不要，你喜欢你就自己留着戴吧。"

妈妈："那等妈妈老了，你拿着它，如果喜欢的话，可以去换一套房子。"

丫丫："为什么可以换房子呀？"

妈妈："因为很多年后，它应该会升值了，如果好的话可以卖点钱，这些钱也许可以买一套你喜欢的房子。"

丫丫："那好吧，等你 80 岁的时候，送给我吧。那你和爸爸住一间好吗？"

妈妈："那时候我和爸爸可能都不在了。"

丫丫："你们去哪里了？"

妈妈："我们去做天使了。"

丫丫："那我要是想你们了怎么办，我要去哪里找你们？"

妈妈："我们会看着你呀，你在哪儿，爸爸妈妈就在哪儿。我们是天使，会始终在你身边的呀。你说什么我们都能听见的。"

丫丫："那我不要新房子了，我只住在我的房间里。"

妈妈："你长大了，也要和一个喜欢的人结婚，有自己的家，这是我和爸爸的家。"

丫丫："那我的房间还在吗？"

妈妈："在呀，爸爸妈妈会一直留着你的房间，你随时都可以回来的。"

2555 天

宝贝:

几天前，你刚刚过完了 7 岁的生日，在这 2555 个日子里，妈妈因为工作太忙，和你在一起的时间并不是很多，但妈妈只要能够陪伴你的时候，一定是用心在陪伴，因为妈妈想质量也许能弥补一些数量上的不足……

宝贝，记得你刚刚两岁的那段时间，特别容易生病，每每那个时候我就无比的焦虑，手足无措，常常是半夜抱着你去看急诊，眼睁睁地看着你被护士姐姐强按着扎针，无助地挣扎。也还是从那时起，你只要一看到医院的标志就万分惊恐……宝贝，你知道吗？妈妈当时就想，我是妈妈，我有责任领着你走出恐惧。于是，妈妈买来了过家家的所有医疗玩具套装，我们只要在一起，我的角色就永远只有一个——病人，而你则一会是医生阿姨，一会是护士姐姐。渐渐的，我发现你不再害怕去医院了，也不再抗拒吃药了，直到有一天，妈妈发现你打完针后不仅没哭，而且还对护士姐姐说："姐姐，你打得一点都不疼……"宝贝，你知道妈妈当时的心情吗？妈妈觉得你是最棒的！

回来的路上，我好奇地问你"为什么不害怕打针了？"你说："打针没什么可怕的呀，我不是天天在家给你打吗？你也没哭呀，你不是也表扬我打的针不痛吗？"宝贝，你知道吗？你无意识的一句话对妈妈的影响有多大吗？原来你无时无刻不在观察着、模仿着你的妈妈，也正是从那一刻开始，妈妈出现在你面前的每一分、每一秒都会提醒自己："嘘，留意旁边的小眼睛。"

宝贝，你知道吗？为了让你知道承诺了就必须做到，妈妈只要答应你的事，哪怕再累、再晚也会兑现诺言。宝贝，你知道吗？为了让你知道孝顺父母是孩子必须做的事，妈妈会在给姥姥洗澡时特意叫你来帮忙。宝贝，你知道吗？为了让你知道感恩，妈妈会在每次收到礼物的时候专门当着你的面打电话致谢。宝贝，你知道吗？为了不让你迷上电视，咱家的电视早已经成为每周六的"熊出没"专属电视……

宝贝，你也许永远也不知道，随着你慢慢长大，我作为母亲的自豪感和幸福感也与日俱增。有一段时间我甚至想，这样下去，在女儿十七八岁的时候，我会不会被这些幸福的感觉撑胀得爆炸了？还好，妈妈的身边还有比妈妈出色很多的朋友和她们用心培养的孩子，让妈妈时刻提醒自己，学习无止境，教育无止境！

宝贝，妈妈说了那么多，其实无非是想告诉你千万记得要认真扮演好你人生的每个角色。其实，无论哪个角色，只要你从一开始就认真地对待，用心地体会，你就会发现它原来如此的美妙，就好比一款佳酿，不懂它的人只能喝出它的甘、涩，只有认真品味的人才能发现 10 分钟、30 分钟后细微的变化……常常听到周围有朋友在抱怨她的老板不赏识她、重用她；她的爱人不关心她、体恤她；她的孩子不听她、不亲她……宝贝你知道吗？这些事也许有一天也会发生在你身上，到那时，也许妈妈已经老了，也许妈妈已经走了，所以，妈妈会在今后的日子里一遍遍地向你演示一个真理：你想别人怎么对你，就先做好你自己，你只要做好你自己，老天自会替你安排好你所期盼的一切。

美好的记录

宝贝：

　　今天少有的清闲，好久没有写点什么了，真是时光飞逝。这一年有多少值得记录和留下的印记，都在匆匆忙忙中飘过了。转瞬又想起，不知哪位哲人说的话：我们以为照片可以记录过去，日记可以记录过去，可知照片会褪色，日记会发黄，唯有印在脑海深处的，才是永久的⋯⋯

　　是呀宝贝，你太多的鲜活的画面，跳跃在妈妈的脑海中，各种活泼、搞怪、忧伤，每一个神情，每一个片段，随手翻开都是满满的欢喜和温暖。

　　记得今年姥姥生日前几天，你拿出你攒了一学年的零花钱要给姥姥买衣服。于是，妈妈带着姥姥、领着你一起去逛商场，你一定要自己挑，妈妈挑选的全被否定了。终于，你花 629 元买了一件暗红色的衣服给姥姥。虽然姥姥很快就忘记了，但这个场景妈妈永生难忘，估计我即便得了老年痴呆，也不会忘记的。

记得你生日那天，自己悄悄给妈妈写了一封信，放在我枕头上，告诉我："妈妈，我好爱你，我要做你永远的乖狗狗……"

记得那天在电梯里，你说："爸爸你送给妈妈的戒指好漂亮呀！"爸爸说："是吗？那等你长大了，爸爸也送一个给你。"谁知你说："算了我不要，我不会离开你们的（原来你以为送戒指就是要结婚了，离开爸爸妈妈了），再说，爸爸也不想让我结婚……"哈哈（不知道爸爸什么时候说的这句话，被你记住了，但我估计也许是他的心里话）。

记得有一天，你和妈妈在房间里听音乐，妈妈给你讲了一篇关于公主的故事，你淡淡地说了句："我又不是公主……"我很吃惊，坐下来拉你到身边说："谁说你不是？你就是爸爸妈妈的小公主呀，一直都是。"你说："公主都是瘦瘦的，我那么肥，我不是公主。"你用那个"肥"字的时候，妈妈的心抽动了一下，问道："谁说的？"你说："我们班同学说的。"宝贝，为了消除你心里的阴影，妈妈专门请教了专家，我们用聊天的方式和你讲述了很久。真正的公主和胖瘦无关，而是由你的闪亮、好学、自信、乐观等等构成的，当然，如果有健美的身材那就更完美了。

记得七夕第二天，我们全家去四季酒店住了一晚，你很兴奋，问妈妈："为什么我们能住在这里？"我说："这是一个好朋友送我的生日礼物。"当时，你拿着新的旅行箱，很认真地问我："妈妈，问你一个问题，为什么你的朋友会对你那么好……"

宝贝，这一年要记录的地方太多，妈妈想告诉你，这一年，你带给我们太多的温馨，太多的暖意。妈妈好想这一刻能永远定格，能让我牵着你的小手，陪着你慢慢地长大。

好像从丫头上小学开始，我就不怎么盼着她长大了，不光不祈盼，相反，隐隐的焦虑会时不时地冒出头张望一下：

梅梅钢琴 5 级了，朵朵芭蕾舞获奖了，思佳妈妈给她报了学而思，乐儿爸爸每周要陪她去画画……

怎么办？平时就这么点时间，我实在不忍心看着这么个小人不是在上兴趣班就是在上兴趣班的路上，可是，不学点啥，这不是眼睁睁地要输在起跑线上吗？

姐妹们，这种心情你们是不是特别有共鸣？直到有一天，公司为了举办一台大型晚会，决定优中选优海选主持人，并且为了彰显重视，特地请来科班的教授做评委。当时，我们一致推荐从 5 岁开始就学习主持的一个小帅哥上场，心想，人家 5 岁学到 12 岁，这妥妥的童子功都不行，那谁行！结果，评委的当场点评，别人听了不知有何感想，对我，还真叫"醍醐灌顶"。

"小伙子，你是受过训练的吧？"

"是的，教授，我从 5 岁开始学习一直到 12 岁才中断。"小帅哥腼腆中略带自豪地回答。

"哦——是不是在你家附近的兴趣班学的呀？"

"教授，您咋知道，其实，离我家不算太近，骑车要 40 分钟呢，但那个兴趣班规模还挺大的，去的孩子也多，我爸就每周都骑车带我去，风雨无阻。"

"哦，你爸爸真好，但是，今天很抱歉，我不能给你打高分了。"

"What？"我们大家都大吃一惊，小帅哥也一脸无辜。

"你本来底子不错的，但发声太不标准，这种活动的主持人，首先应该利用胸腔共鸣的方式，呈现给大家扎实、厚重、饱满的音质，只有这种音质才能给人带来诚恳的感觉，同时增加庄重感和信任感。而你的胸腔共鸣特别少，说话的时候用声太紧，虽然刻意地压低声音，但抱歉……我只能说，这不怪你，只能说你爸妈当年给你选的那个机

112

构太不专业，白白浪费了这么大好的时光。"

啥叫不听不知道，一听吓一跳，从那以后，兴趣班这事就从我的日常中果断地"断舍离"了。

所谓"兴趣班"，就是有兴趣才上的班，可你不信问问咱自家的娃，有多少兴趣班是娃自己真正特别想上的，大多数都是"我妈觉得我想上吧"，呵呵……

所以说，姐妹们，除非咱家祖上有艺术的基因，因为从近半个世纪的双胞胎研究数据显示，非认知能力[1]的遗传力大约是 60%，而智商的遗传力是 50% 至 80%，这两者的遗传力相差并不多。可以说，遗传基因也许并不会敲定人生结果，但是会在人生图纸上铺上浓厚的底色。那些我们十分看重的个人底色，包括智力、能力、特长、品格等等，在某种程度上都是与生俱来的。

咱省下点时间、省下点钱，好好陪娃玩一会，吃一顿，多积攒点母贤子孝的美好瞬间不会更香吗？

1　此处的非认知能力包括坚毅、成长型思维、求知欲、掌握取向、自我概念、测试动机。

放

价值和特点

宝贝：

这是我们今天的一段对话，是关于价值和特点的，很有意思，妈妈帮你记录下来。

"妈妈，如果你是一个苹果你会干吗呢？"

"嗯，让我想一想。宝贝，你怎么会想到问妈妈这个问题呢？"

"其实是因为上周我们上心理课时老师给我们放了一个视频，内容是关于狗大便的故事。"

"真的吗？快讲给妈妈听听！"

于是，你开始说："一个村子里，景色优美。有一天一个农夫拉着一车泥土走过，忽然有一堆泥土从车上掉了下来，正好跟狗大便落在同一个地方。"

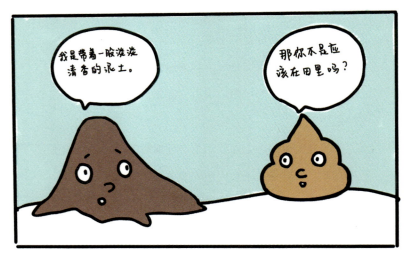

119

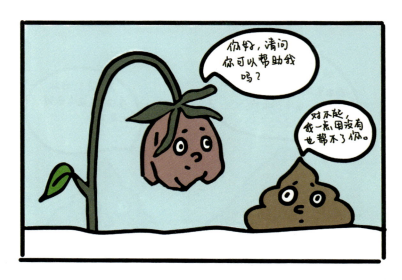

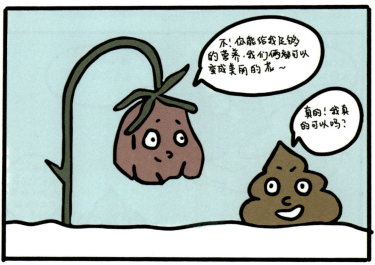

过了一年，小苗真的变成了一朵美丽的花儿。便便终于知道了每个人都有自己存在的价值和特点，每个人都有闪光的一面。

"妈妈你觉得怎么样？"你问我。

"宝贝，你讲的这个故事带给我了很大的启发，每个人都有自己的长处和优点。只要你坚信、坚持，就一定会成为自己想要的样子。让我们一起加油变成更好的自己吧！"

"好咧！一言为定，妈妈！"

2014 年回顾

宝贝：

即将迎来崭新的 2015 年，每年到了最后一个月，妈妈总是会习惯回顾一下过去的 12 个月，又去了哪里，学会了什么，悟出了什么，得到了什么，又失去了什么……同样，最后这一个月也是最忙碌的一个月：白天，忙着制订来年的各种计划、考核……傍晚，在兴奋和欣喜中奔波于各大商场，想象着家人们收到礼物时，内心难以言表的喜悦；想象着闺蜜们收到礼物时，一跃而起的雀跃；最终久久定格在你——我的小心肝收到礼物时，奔跑着张开手臂给我的紧紧的拥抱……

这一切，仅仅想象的过程就完全可以让我忘却一年来的种种的辛苦和委屈……这么多年来，我坚守认真做人，努力工作，为的不就是当站在我爱的人身边时，不管他富甲一方还是一无所有，我都可以张开双手坦然地拥抱他。他富有我不用觉得自己高攀，他贫穷我们也不至于落魄。这就是我努力工作的意义！用积极的态度，过不完美的人生！也正因为如此，此刻回首 2014 年我更觉得无比的感恩和欣慰：这一年，我收获了友情，文和清给予了我无穷的快乐，让我真正领悟到朋友的真谛——友直，友量，友多闻，结交她俩，我想这一定是我今生的福报。这一年，我学会了放下，只要我回到家叫一声爸妈，他们还有回应就可以了，只要他们还在，我想这一定是我今生最大的福气……这一年，我领悟了平衡，工作只是生活的一部分，我想这一定是我今后选择人生路径的一个方向……

这一年，还填补了人生的许多空白，第一次听世界级大师的交响乐，真正领略到音乐带给我的心灵震撼；第一次看歌剧，才知道为什么男、女高音歌唱家都会那么健壮，哈哈，如果太瘦小一定唱不了这么高的调；第一次看男版《天鹅湖》，天哪，原来男天鹅也可以如此的阴柔；第一次夕阳下绕城骑行，不远处三两情侣在拍婚照，在霞光的照耀下，心底顿时生起暖暖的幸福；第一次把心情的随笔变成了铅字，几次看了又看，不敢相信这是真的……

某个冬日暖阳的午后，细细品味这一年来的变化，是什么让我突然间越来越接近自己的内心。我想，一定是思想的变化吧，没人会把我们变得越来越好，时间也只是陪衬，支撑我们变得越来越好的唯有我们自己内心真正的渴望。多读书多出去走走、多感受，到另外的圈子看看，不设限，不断提升自己……

当我们即将迎接 2015 年的时候，也应该是我们告别浮躁，告别懈怠，以最努力的姿态继续前进的时候吧。只要一直在路上就没有到不了的远方。让我们用最美好的心情，不留遗憾地度过 2014 的最后一个月吧。此刻，除了感恩，心底涌动着诗人的吟诵：你若爱，生活哪里都可爱；你若恨，生活哪里都可恨；你若感恩，处处可感恩；你若成长，事事可成长。

宝贝，妈妈想教会你做一个对自己有点要求的人，始终坚持面向太阳，蓦然回首，你就是别人眼中那道独特的霞光。

8 岁

宝贝：

今天你给妈妈发了一条语音："妈妈，你给我买蛋糕了没呀，求你了，一定要买呀，我都告诉同学们明天带回来了，你快点回电话呀，要不我会心里很不安的。"后天是你的 8 岁生日，恰逢周六，早早答应你提前买了蛋糕去学校过，于是，周四晚便接到了这么个心塞的语音，第一时间给你回复了一段文字："宝贝，妈妈永远不会让你失望的，也永远不会忘记对你的承诺！你也要答应妈妈你所有的承诺呀……"

8 岁，多么小又多少大的年纪呀，比将来的你，8 岁才开始懵懂地说出完整的一句话，才开始尝试了解世界和周围的关系，才开始尝试认识纷繁和复杂的社会，才开始建立友谊和善良的基础，才开始拥有感恩和反思的能力。

这一年你学会了怎么和别人沟通，学会了交流的方式，学会了挑选朋友的标准，学会了怎么处理不好的情绪，还学会了游泳、洗澡、做早餐……当然，最重要的是你学会了感恩，带着感恩的种子随处播撒，并且一点一滴地在影响着我们所有的家人。今年的除夕夜当你提议我们每个人要对这一年来你最想感谢的人说一句话的时候，我收到了姥姥、姥爷这么多年来的第一次赞美，听到了你爸爸发自肺腑的感慨，看到了大姨激动的表情，当然最最难忘的一幕是宝贝你的含泪感言……是你让我们度过了此生最难忘的一个除夕。

宝贝，面对一天天长大的你，妈妈想送你三句话作为一份特别的生日礼物，希望充实你 8 岁的行囊、点亮你心中的生日蜡烛。

1. **幸福比优秀重要**。幸福有两种，一种是别人眼里的幸福，一种是自己心里的幸福，只有自己心里的幸福才是真正的、本质的幸福。培养乐观的人格。契诃夫说过，"生活是极不愉快的玩笑，不过要使它美好却也不很难，只需做到两点：善于满足现状；很高兴地感到，事情原本可能更糟呢！这是不难的"。如果真的不幸，你也要相信：不幸只是一段暗道，走出不幸，就是幸福。

2. **珍惜每个今天**。已拥有的，要心存感激，懂得珍惜；

对未拥有的，要量力而行，学会放弃。事实上，我们都不知道自己明天是不是还活着。我们应当学会珍惜和享受每一天。应该养成每天早晨做的第一件事，是告诉自己一个好消息；然后，对自己说，我能活在世间，是多么幸运的事。播下一个行动，你将收获一种习惯；播下一种习惯，你将收获一种性格；播下一种性格，你将收获一种命运。

3. 与品性纯良人为友。友不在多，投缘为好；人不在众，志同为佳。去结识高能量的朋友，去结交那些阳光十足、有大爱的朋友，去吸收他们的正能量，去看看他们每天的所思所想，去看看他们的伴侣关系对于生命的意义，找对榜样太重要了。跟有正能量的人交往，即便放低姿态，跟品格优秀的人交往，抱一颗真诚的心。尺有所短，寸有所长，永远抱一颗谦卑的心，才能让自己更加完善。人生没有完美，只有完善；岁月没有十全十美，只有尽量。人生总要有梦想，岁月总要有追求；珍惜一份情，怀揣一份梦，就是最大的收获。

好了，生日快乐，我的宝贝，从现在起妈妈会认真陪着你成长，直到送你远航，带着爱……

我爱你们

妈妈：

在我生日那天你是最痛苦的，我想一定很痛吧。今天上午，你要去深圳开会有半个月不能见到我。昨晚上你把你的紫水晶给了我，我非常喜欢，在这些年里你和爸爸一直都对我很好。我想好好地感谢你们，你和爸爸把我带到这个世界，是你们教我善良、乐观……妈妈，你和爸爸都是负责任的家长，在这个世界上最让我觉得要感谢的就是你们。

我爱你们！

丫丫

回乡三步曲

宝贝：

经过我无数次的观察，终于发现了你老爸的一大特点，细品，还真是搞笑，你一定没有注意到。其实从离开故乡那一刻算起，至今也10年了，这期间，每年你老爸总是要回去的，多则两三次，少则一次，次数多了，我便发现了一个有趣的现象，私下给他总结成回乡三步曲：

1. 去之前故作扭捏状，不要不带不拿。

2. 去之后故作豪爽状，都见都坐都吃。

3. 回来时故作少女状，半推半就半箱。

这半箱，永远都是各种饼子：油饼、千层饼、琼锅饼，还有至今叫不上名的面饼……知道的说是乡情难忘，不知道的以为备战备荒呢。每每打开冰箱，看见各种塑料袋里形状各异的一包包饼子，心里总是有点点发堵，于是在心里念叨一句，下次一定要制止他带这些回来。他更是奇怪，现在回来后进家的第一句话便是"以后没事就不回去了"，我都能背下来了，说得那个百无聊赖，特别像一个花花公子在外面寻花问柳多日败完所有银子回家后，又觉索然无味的神情……这种情绪说不清道不明，只是每次每次、每年每年地这么循环往复。突然悟出，人这辈子无论离家多远，认识多少人，最后能让你舒舒服服愿意一见再见的就那么几个人，可就这寥寥无几的几个人，也不能陪你到最后。

宝贝，你会不会觉得妈妈太多愁善感了点……

美好时光

　　妈妈爸爸非常感谢我们一起同步 dù（度）过的美好时光，你们是多么爱我守护（我）。我不但会记在心里，长大如果有了小生命，我会把我们在一起的幸福告诉她。

小名：丫丫

二年级 8 岁

丫丫宝贝了，
妈妈爸爸非常感谢我们一起同步dù过
的美好时光。　　你们是多么爱我守护
我不但会记在心里长大如果有3性命
我会把我们在一起的幸福告诉她。

年的味道

宝贝:

马上到过年了，可妈妈连一点点年的味道都没闻到，准确地说自打我来到南方，这十几年就再也没闻到过了。那是一种浓浓的面香、油香、肉香中夹杂着忙碌和期盼的味道，提前一个多月就弥漫在北方的大街小巷。而这个时候的我们家，一定会已经被姥姥安排上满满的日程，几号大扫，知道怎么扫吗，一定要用新买的扫把从客厅的大梁扫起，每个角落、每个空隙都要扫到，扫完房子，就开始大擦，所谓大擦是把家里的所有瓶瓶罐罐用过的没用的统统擦洗一遍。扫房子这等大活肯定没我啥事，但大擦就是我最最痛苦的时候，每当这时，我就特别想生病，偷偷祈祷让我病吧、病吧……只有这样才能逃避此等酷刑呀，大擦过后就是大洗，窗帘、门帘、被单、床单，所有能拆的能洗的全洗一遍，洗完就基本快到小年了。

这时最隆重的大做开始登场了，记忆中姥姥最拿手的是风鸡，这是妈妈家每年最热门的一道菜。一早姥爷从市场买回漂亮的公鸡，羽毛要丰满发亮的那种，撩起它的翅膀从腋下一个拳头大小的口，把手伸进去，在人鸡激烈的搏斗中把肠肠肚肚一股脑地掏空，姥姥迅速地把炒熟的盐、花椒、草果等装进鸡的肚子，随后再把鸡头、爪子一并塞进腋下的小口里，最后用结实的绳子把它周身捆结实留下一个长长的扣挂在北层外的铁钉上，这时雄壮的小公鸡就变成了一只羽毛大粽子，傲立在北风中。每每想到褪去花衣端出大笼的香味，口中的琼浆就不断地涌动，百转千回，真是少有的人间美味呀……一辈子少有下厨的姥爷，每当这时也会拿出他的看家本领——酱肚，这等大件，清洗是最烦杂的工艺，姥爷不走寻常路，不知是自创的还是学来的，用二斤玉米面倒进新鲜的肚中，来来回回地揉搓，好似在还原胃的蠕动，让玉米渣渗透到每个角落。现在，每当我喝玉米糊的时候，这个场景总会浮现出来，我想它在我的胃中大抵也是这个样吧，此刻不禁感慨，人类也不过如此，一副皮囊而已……如此反复几遍，再用水冲洗，玉白的底色便显现出来，上锅、倒油、炒糖、加料、添水，不一会儿满屋飘香。不过酱肚可不是出锅就能吃的，一定要放到窗外冻上一夜后，和着冰茬切成薄薄的丝，撒上细细的蒜苗，喝一口热酒，夹一筷肚丝，怎一个香字可以形容呀……回想一道道家传美味，仿佛又回到了团圆的桌上，香嫩的风鸡、油光发亮的猪脚、酱紫色的牛健、一圈一圈捆肘子、用几十种食材勾兑的杂半汤、千姿百态的各式油果，还有姥姥姥爷给的压岁钱。如果运气好，还能吃到饺子里包的金元宝，穿着新衣，吃着小儿酥，站在雪地上看着一串串鞭炮在飞舞，震耳欲聋的响声伴随着我们的笑声，真是美。

岁月如梦，转眼当年的年味已不复存在，而今，大年将近，走进超市随处可见各种做好的美食，几分钟即可上桌，可再也不想念，再也勾不出味蕾，再也闻不到年味，筷起口入，只是吃了，吃得索然无味，这也就是时代的产物吧，快到没法静下心来看一本书，没法静下心来翻一份报……

但我还是会花点时间，精心挑选几个能陪我慢慢变老的好友，三年五载，细心呵护，携手相伴，天好的时候一起爬爬山，骑骑车，品品茶，聊聊天；我还是会回到家的时候关掉手机，陪着你一遍遍地玩过家家；我还是会把年少时的梦想一件件拾起，一点点完成，哪怕久远一些，但至少此生不留遗憾……

所以说，宝贝，让我们认真规划一个最好的未来状态，既可以脚踏实地，又可以仰望星空，年年岁岁，岁岁年年，把这一世心中所有的幸福，从容不迫地娓娓道给人听……

妈妈饲养员

宝贝:

    我想记录一下一个优秀的饲养员,能够养出一只健康的小狗子是多么不容易。又是一个难得的周末,不知道别人的妈妈周末怎么过的,对于养了一只贪吃狗的妈妈来说,即便周末足不出厨房也是完全可以的。从早上打开冰箱的那一刻,就开始规划今天一天的出品:早餐要少而花俏,颜色要足够丰富,激发睡眼惺忪的视觉;午餐要隆重,红肉、白鱼,统统可以出台;晚餐要清雅而不失风情,小虾、小菇、小笋、小豆都是可以用来宠幸的……如此这般折腾,哪有多余的时间供我消遣,好不容易挤出几个小时,认认真真读完了一位日本医学博士写的《饮食术》。内容很简单,就是如何通过控制糖类的摄入改变身体状态,使人变健康变瘦。

看来吃真是门学问，其实，不仅仅是吃，应该说世间万事万物都自成一体，要想真正为我所用，就必须彻彻底底地学习，再彻彻底底地改变，改变固有的思维模式，调整自己的行动路线。只有这样才可能达到你理想的领地，比如：又好吃，又不想胖，之前总觉得这是天方夜谭，而今通过系统的学习重新调整自己的饮食结构，才发现什么叫"没文化，真可怕"，硬生生和那几斤肉搏斗了那么多年，白白让美酒美味浅尝即止，穿眼而过，好在在大牙尚未衰退之前得此真传，也算老天垂爱吧，诗人曾说：四方食事，不过一碗人间烟火。

这人间最萦绕缤纷、最至繁至简的是烟火气，这人间最深入人心、最难舍难分的也是烟火气。

正所谓：人间烟火气，最抚凡人心。最喜人间烟火气，日日安抚小狗心。

离婚疑云

宝贝：

下个月你就 9 岁了，此时的我满眼间都是一天天长大的你，小时候的样子似乎已经很难记起，偶尔看看照片怎么都觉得不像，什么时候长大的，什么时候长成现在的样子，禁不住感慨时间都去哪儿了？ 9 年，你努力地长大，我努力地变好，总想在你开始有记忆的年轮中留下完美的影子，你学油画我也学、你荡秋千我也荡，你喜欢熊二我知道光头强……

那天，一位闺蜜找我痛诉家史，说最近围绕儿子的教育问题和她爸妈产生了严重的分歧，爸妈用当年教育她的方式来教育她的儿子，她仿佛从儿子身上又看到了儿时的自己，比如，儿子吃饭，她妈妈满屋地追着喂，而她坚持不上桌吃就不给他吃了；再比如，儿子在专心地搭积木，她妈妈一会送水，一会喂梨，而她坚持让孩子搭完再吃……为此，母女俩各持己见，她说："这样不就是养成了儿子衣来伸手，饭来张口的习惯吗？长大能有什么出息？"她妈妈却反驳道："我们从小就是这么养你的现在不也挺出息，哪不好了？"其实，这些年她非常不喜欢爸妈这种霸道的教育方式，多多少少心底还残留着青春期叛逆的阴影，她不想让儿子走她的老路，所以执意不肯退让。闺蜜说："别的事我都听他们的，但孩子的教育我坚决不能容忍，老姐，我觉得你把丫丫教得挺好，哪天抽空去给我爸妈上上课吧。"

那是！我养娃多用心呀！谁知正当我内心刚刚冒出骄傲的小火苗的时候，一个小插曲瞬间把它拍灭了，一天晚上，你放学回来洗完澡我边帮你吹头发，边习惯性地和你聊聊当天学校的事情。

你若有所思地问我："妈妈，什么叫离婚呀？"

"离婚就是爸爸、妈妈不再相爱,不再生活在一起了。"

"哦，知道了。"

"干吗问这个问题？你们班有同学爸爸、妈妈离婚了吗？"

"没有。"你回答。

"那你为什么突然问这个问题？"

"问问。"小样，还给我假深沉。

"喂，我俩是好朋友，我们承诺过我俩之间没有秘密的，我昨天都告诉你我的心事了呀。"我知道这个撒手锏对你最有用。

果然，"好吧，那我说了你别生气行吗？"

"当然，我是小心眼妈妈吗？"

"今天下课莎莎问我'你爸爸妈妈是不是离婚了'。我不知道什么是离婚，就说好像是吧……"

"喂，傻妞，你没问问她为什么这么说？"

"问了，她说，'一直都只是你爸爸接送你，从来没见过你妈妈来'，我以为这就叫离婚，所以就回答'可能是吧'，妈妈你别生气，我明天去告诉莎莎，我爸爸妈妈没离婚就好了。"

"宝贝，"我蹲下认真地看着你说，"对不起，是妈妈做得不够好，妈妈只想到每天多点时间在家中陪你，完全忽略了你也是有自己世界的小人了，让同学误会你了……好吧，妈妈要让你看看什么叫知错立改。"

第二天，我早早来到学校，特意走进班里。"咦，怎么今天你来接？不是这周要出差吗？"还好时常和老师互动，否则估计老师也会这么想吧，我心里暗想，嘴上忙说："能帮忙介绍一下我是丫丫的亲妈不？""什么意思呀？"老师一脸疑惑，哎呀，索性我自己介绍：

"同学们好，我是丫丫的妈妈，丫丫常常在家里说起你们，她说你们都是她的好朋友，欢迎你们来我家和丫丫一起玩呀。"

"我要去！" "我也要！" 孩子们热情地回应着。

"对了，哪位是莎莎呀？"

"妈妈，"你红着脸直摇头，我冲你眨眨眼，做了个只有我俩能读懂的暗号。

"阿姨，我是！" 一个瘦高的小女孩站在我面前。

我弯下腰拉起她的手说："听丫丫说你的数学特别棒，她有不会的经常会请教你，谢谢你呀小美女，有空来我们家玩好吗？阿姨做好吃的给你……"

"莎莎来吧，我妈妈做的饭超级好吃。"

你不知什么时候来到我身边，此刻正笑盈盈地看着我，眼神中写满了惊喜和满足，那一刻我心也被暖暖地包裹着，原来，我以为给你买喜欢的东西，陪你干喜欢的事情就是已经尽了母亲的责任，谁知小小的世界里还有那么多可以去探究的路径。看来，教育永远需要我们行走在路上，不断反思、不断改正、不断总结、不断成长……由此，我不由地揣摩，中华民族代代纠结的抚养和赡养，到底应该以一种什么样的方式面对？孩子和父母之间究竟是怎样一种关系，父母对于孩子又究竟该扮演怎样的角色？

悦　纳

悦纳自己
向阳而生长

宝贝：

今天我们之间发生了一段有趣的对话，你的回答又给了我很多的启发。

"妈妈，如果你是个苹果你想长成什么样呀？"

"我吗？让我想想，这个问题还从没想过，好吧，我想长成又大又红的那个。"

"你确定吗？"

"当然。"

"如果你长成这样很快就会被别人挑走吃掉。"

"哈哈宝贝，那我一定会被老人或者小孩吃掉，万一被你这个乖巧的小姑娘吃掉我很愿意呀……"

"妈妈，为什么一定会被老人和小孩吃掉呢？"

"你忘了孔融让梨的故事了？"

"哦，对呀，"你若有所思地回答，"其实妈妈，每个苹果不管长得好不好看，都是酸酸甜甜的，你知道的，是吧？"

"说说看。"

"我想就算它长得不够大，不够红，也会有人买走的，或者农民伯伯自己留下吃掉，它的营养价值是一样的呀，也有一样多的维生素不是吗？"

听完你的解释我不禁感慨，生活真是有无限的广阔供你自己去探索，也不由地联想到这半年来你姥姥的变化。姥姥一生操劳，记忆中的每个清晨一定是早早出门奔赴菜场，大包小袋地满载而归。近两年，因为总担心她年事已高，怕市场人多碰到磕到，所以就不再让她去大采购了，谁知打那开始，她逐渐不愿走路，走二十步就说累得不行了，之前总以为这是正常的状态，不走一定是走不动吧，可一来二去，她的肺活量每况愈下，医生不断警告长此下去的结果很不乐观，于是，只能给她配上呼吸机每天被动呼吸……妈妈还不断地安慰自己，顺其自然吧，不动就不动了，不走就不走了，孝顺孝顺，顺才是孝，就顺着她吧，在有限的时间里怎么舒服就怎么来吧……

直到有一天，一大早家人群里出现了一张姥姥推着小车在超市挑选蔬菜的照片，那种神采飞扬的神态让我简直不敢相信，姥姥仿佛一下找回了当年的模样。紧接着，四姨又发了旁白"报告大家一个好消息，妈从今天开始正式接管采购大权，你们想吃啥前一天报告老妈"，晚餐时大家像统一了口径似的："哎呀，今天的鱼好新鲜呀，今天的菜心真嫩。""那当然了菜心是妈一根根挑的，卖鱼的都说今天遇上行家了。"四姨在一旁鼓吹。"哎哟，这毛豆比平常吃的大多了。"（还有马屁拍得更过分的。）"这是我个个捏过的。"姥姥一脸满足地回答。我问："妈，超市那么远你不累吗？"姥姥看着我，很认真地说了一句："孩子，妈老了，帮不了你啥忙，只要你能回来多吃两口，妈再累也没关系。"一时间，我的眼泪夺眶而出……

存在的价值，原来在80多岁高龄的姥姥心里依然无比的重要，而我却简单粗暴、自以为孝顺地剥夺了她这么多年。从那天开始，为了保护这渐渐苏醒的种子，我们天天轮番电话请求采购，哎呀，一时间姥姥忙活得好像CEO，每天还要嘱咐四姨拿笔记下以防遗漏了谁的至爱。

所以说，宝贝，谢谢你的提示，妈妈禁不住又一次反思和提醒自己，每个人都有自己的生活取向和价值选择，不要作她人生活的主宰。姥姥也好，你也罢，我都不应该用自己的生活去丈量你们的生活。也许我看到的只是四角天空，谁知骏马会有更广阔的草原。佛教有个词，叫悦纳——认可自己的生活，愉悦地接纳更多样的方式。让我们一起，在悦纳中享受自己的生活，欣赏他人的生活吧。

144

腾　冲

宝贝：

　　这个假期我们一起逛逛吃吃，去了腾冲悦榕庄。这个酒店大约 6 年前第一次来过，在此之前，自认为也算见过点世面，住过几间像样的酒店。可一进来，第一眼就被她的美惊艳到了。当时就想，一定要挑个假期，带你和爸爸来享受一下。

　　你觉不觉得她像极了古时候深宅大院的富家千金，集万千宠爱于一身却又少了尘事的熏染。推门进去，院里左右两个房间整体设计简洁素雅，古典的中式风格也延伸到了屋内，目光所及之处都令人感受到舒适和放松。

　　私家的汤池，在小院的中间，一半是玻璃的顶，一半是透明的天，晴天可以遮遮太阳，雨天可以半卷珠帘，就连池的长宽似乎也是专门设计的人与人最好的距离，一家三口，少一分显挤，多一分少亲。

仰天半卧泡去几许愁情俗事，顿感丢了盔卸了甲，秒变回手无缚鸡之力的小女子，索性奢侈到底一回吧，叫了管家送来一提美味芝麻鸡，其实也就是平常的烤鸡外沾了全身的芝麻而已，但你这个小吃货吃得真心赞美，不由得让人心生联想，这个时代包装是多么重要，难怪很多奢侈品店外都要排个长队，这也就一通百通了……

说归说，可怎么就人家想起把鸡放芝麻里打个滚卖个高价呢，所以说不动脑子，不愿创新，就别躲个角落愤愤不平了……

吃了大半生的烤鱼，都是把光鲜的皮面对客人，唯有这次，让人产生了掏心掏肺、肝胆相照的意境，看吧"我肠子肚子都没了，对你够坦诚吧，不好看？好看都是装出来的，而我，你夹一块试试，绝对是真材实味"，怎一个鲜字可以形容……

这道，别说吃了，完全没见过，云南小角瓜，小姐姐说这是季节菜，通体碧绿，与黄瓜的脆弱相比有几分韧性，与丝瓜的黏糊相比又多了一点脆爽，心满意足地打了个饱嗝，叹了句，每处的悦榕庄总没让人失望过，或大景，或小味，或近观，或小节，总是做得那么让人舒服，即便相隔多年，见面依旧有初见的喜欢……

回首半世慌慌张张，不过是图碎银几两，可偏偏这碎银几两，今夜就能换得满心欢喜，就能顿生无限遐想。"妈妈，等我长大了，有钱了，也带你们住最好的酒店，吃最好的东西。"拉钩，说话算话。

2016
12/24

Merry Christmas

你们辛苦了

妈妈：

　　圣诞快乐！

　　这几天你们辛苦了。现在可以边看信边放松。为了家人们，你们不息（惜）把休息时间来照顾我们。你们肯定累了吧？一定要休息一下哟~

　　嘿嘿！告诉您一个小秘密，我在学校画画得了1等奖。好了好了！总之说来说去我就是说你们不要太辛苦了！

　　小小努力一下吧！

丫丫

最好的礼物

Big love. I love you Mum.（大大的爱，我爱你妈妈。）

妈妈，收到礼物了！我非常喜欢，但是，我明白了最好的礼物就是家人快乐健康地生活。我非常感谢您和 *dad*，因为是你们给了我力量，让我全身充满了活力，我才能考得这么棒！我会更加努力的！

I love you.（我爱你。）

Grace

巴啦啦老魔仙

宝贝：

"最近学校有没遇到什么开心的事呀？说来听听"，这种对话多数时候是发生在某个陪你买了心仪的小东西、我们一路散步回家的路上。

今天我问你的时候，你说："有呀，上周我的一篇作文被老师选中要上学校的桃李园了，还有，我在数学课上敢举手了。妈妈，这可是我从来没有过的，之前我总是担心回答不正确所以不敢举手，可是后来别的同学回答后我发现和我想的一样，我就有点后悔，这时候我好像听到你在我耳边和我说：'宝贝你是不是害怕犯错才不敢举手的，错了也没关系呀，至少你知道错在哪里了，而且我敢保证这样一来这道题的正确答案就刻在你的小脑袋里了，永远也不会忘记了。'妈妈，不是真的你在，是我觉得你好像在，你明白吗？"

我笑着说："哈哈，那我岂不成了仙子妈妈呀。"

你又说："其实，我在学校遇到问题的时候经常会想起你，在心里和你对话，然后就好像这样，你在耳边告诉我答案了。"

"我看你是《巴啦啦小魔仙》看多了吧，把我也幻想成老魔仙了。"我嬉笑着调侃道。

你有点急了："妈妈！"

我赶紧道："好了好了，说说还有啥情况，我好想知道。"

你说："还有一次是两周前，我们组比赛输了，我的好朋友一直在旁边抱怨，我就说'好了，一次的输赢并不重要'，谁知我一说完她就气愤地对我说'你觉得不重要，那是不是因为你不喜欢我们组，不想我们赢呀'，我当然不是这样想的，就和她争执了起来，后来，中午睡觉的时候，我躺在床上，就在心里想，妈妈要是你遇到这种情况会怎么解决？我真的听到你告诉我解决方法了，而且我下午用了非常有效。"

我说："真的呀，快告诉我什么好方法，下次我也用用。"

你解释："这是我想象中你教我的，不是你真的想法。"

"我懂我懂。"看着她一脸的认真，我马上正襟危坐，洗耳恭听。

"我听到你说：'宝贝，同学可能误会你说的话了，她没明白你说的意思，你应该好好给她解释才对，她也是讲道理的呀，你是不是今天也太急躁了'。"

"后来呢？"

"后来你说'快睡吧，要不下午上课没精神了'。"小家伙看出我急于想知道，开始故意拖延了。

"说不说，说不说？"在我伸出"魔爪"的那一刻，你马上说："后来，下午一见面，我就找到她，说'对不起，我不该和你争论，我上午的意思是想说，这次比赛已经结束了，其实大家心里都不开心，你再抱怨就更不开心了，而且，对于这次也没有帮助了，我们还不如反思一下输在哪里了，下次争取赢了不好吗？'听完我说的话，她好像很不好意思了，马上给我道歉了。妈妈，我说得对吗？上次我没考好你不是这样开导我的吗？"

一时间，我觉得你长大了很多，不再是我的小玩意了，开始用自己的思想去处理周围的关系了，孩子的成长是多么令人欣喜而又吃惊，不知不觉中，你仿佛已经开始踏上了自己的旅程，今天就面对面地给我上了生动的一课。

这让我再一次感受到，所有教育的结果都是父母潜移默化引导的结果，与其整天纠结应该扮演怎样的角色才能算是合格的父母，虎妈型？孟母型？还不如老老实实找个地方静静观察一下自己，人生几十年，自己的优点是什么，缺点是什么，回顾一下自己的学生时代父母教会了我们什么，又忽略了什么。然后别急着拿孩子当实验品，别轻信什么父母给了孩子快乐的童年就一定会带给她焦虑的中年，要拿也拿自己当靶子，从自己开始逐渐地让自己变得越来越好。

所以说，宝贝，爸爸妈妈只想牵着你的小手一路引领，见证你的美好。此生就算你成为不了物理、电脑、化学或者是任何领域的专家那也决不是一种失败，因为我培养了一个有思辨能力的健康的孩子。不强迫，不设置，接纳生命的可能，让你的最大压力仅仅来自你自己，发现你的优点，欣赏你的特质，运用成人的思维与资源，引导你长大……我想，这就是我作为你的老魔仙能带给你的最大法力了。

爷爷走了

宝贝：

　　最近家里发生了很多事。冬至那天，爷爷走了。这也是妈妈第一次面对亲人的离去，虽然他是爸爸的爸爸，可妈妈还是感到心疼。爷爷人很好，是少有的自律的老人，生怕给我们添一点点麻烦，生病到走，也就短短的一个月。妈妈唯一没有觉得遗憾的是，爷爷和我们在一起生活的这几年，我们没有红过一次脸，虽然没有太多的交流，可我还是会尽量地让他过得舒服一点。姥爷姥姥有的东西，爷爷也一定有，妈妈没有因为他是家公，而厚此薄彼。记得有一天早上，我在给他煲汤的时候，你在身边问我："妈妈怎么这么早起？"我说："给爷爷煲点汤，省得他天天喝阿姨做的。""我对我家公好吧？"我玩笑地反问了你一句，你猜你说啥啦？"等我以后长大，也给我家公煲汤。"我听完以后，真是五味杂陈呐。然后我认真地说："小姑娘，你还是应该先给你亲爹煲点才是应该的吧？"哈哈，你笑着说："两个都煲。"父母是孩子的一面镜子，这话真是一点不假。有样学样，你常会这样说。这还真是，正因为你这个小东西一直在不远处偷看我，所以我格外地在意要做好你的镜子。到底是父母教育孩子，还是孩子改变了父母，谁又说得清呢。

你爷爷头七一过，我就奔赴新的工作岗位，开启了独当一面的新征程。这是此前我根本不曾料想到的，1000多人的大家长，妈妈也是第一次尝试。大年二十九，你和爸爸来接我下班，我们仨在附近吃了个火锅，我喝了五瓶啤酒后，就一直哭一直哭……不容易呀，真的不容易，好在老天眷顾硬是让我把一个倒数的机构做到了全国前十五名。你妈厉害吧，夸夸我吧。

我的母亲

都说父母是孩子的避风港，是孩子的榜样，但我觉得她更是我无话不谈的朋友，教我做人的老师。

我的母亲生活在一个条件不好的年代，没有手机，没有电脑，什么都没有，她在姥姥的打骂中成长，但就在这个环境中，她成了一个对家庭和工作都一丝不苟、认真上进的人。

在公司，母亲对任何一个员工都非常严格，她就像是有魔法一样，能看透每一个人的心思。有一次，我无意间看到了她的会议笔记，惊呆了！密密麻麻的内容布在白纸上，非常有条理。每一份报告的细节她从不疏忽，一定会认真地审批，时常还能看到母亲为了批报告忙到十一二点。她虽严格，但换来了全公司人的尊敬。母亲会让枯燥乏味的工作生活变得更加有趣，工作之余，她会给同事们安排一些小福利，让大家对工作一直充满热情。

　　母亲在家里，又饰演了一个不一样的角色。她的教育方法和传统的教育方法完全不一样。母亲在我很小的时候，就带着我一起规划未来，她从来不以"打"来解决问题，很早就教会我如何与人相处，应该以怎样的心态去面对生活……当然，她还很孝顺。一到周末，母亲就更不会闲下来，早晨紧赶慢赶地为我做好早餐，还没喘口气儿，就跑去医院看姥姥姥爷了。一看到自己的爸爸妈妈，母亲压抑的情绪也释放出来了，她不愿把累表达出来，而是选择一个人默默承担……

　　即使这样，母亲还依旧怀着一颗乐观的心去面对生活。她常说："你永远都不知道明天和意外哪个先来临，为什么不活在当下呢？"是呀，日子还很漫长，为何不活好现在呢？母亲从来不会把负能量带去工作，带去家庭。每天的她，都是笑嘻嘻的，就像一个童心未泯的小姑娘一样。她的情绪可以把控得非常好，所以我从来都没有担心过青春期与更年期之间的隔阂。

　　母亲一生的愿望，就是我能考上心仪的大学，母亲没上过全日制大学，她说："只要你能考上自己喜欢的大学，我这一生都圆满了。"

　　我很幸福，因为她是我的母亲，她就像老师，一步一步地带着我向前走。

　　此后，就由我拉着您，手拉手，看那最美丽的星空。

体重新低

宝贝:

昨晚洗澡前，同时上秤，咱俩的体重都创了历史新低，母女二人颇为满意。尤其是你这个资深吃货的妈妈，这么多年一直在和脂肪做斗争，总也不能取得长久性胜利，偶尔小胜终究抵不过一顿火锅的轰炸。还记得当年一个大领导在饭桌上调侃说，他这后半生，不是在减肥就是在和减肥做斗争的路上……其实，这么多年，我的食量是不大的，只是有一颗四处觅食的心罢了，每次不远长途吃到一口心仪的味道，那种满足真好比初恋相见的美好，偷偷地在心里自己劝自己，再吃点，就一点，这么远来了，多不容易……可成年人的理智马上又站出来义正词严地批驳："怎么可以这么放纵，忘了多一口悔半月的经历吗？"于是就这么纠结、徘徊、拉扯，如果实在按捺不住那无处安放的欲望，就只好自己劝慰自己说：都是做一回人，何必这么为难自己，大不了，这个月的火锅免了，啤酒也少喝两次不得了……啥叫心念一转天地宽，马上可以大大方方、心安理得地开始享受啦。

去年偶尔尝试了一个健康管理的课程，才知道原来这么多年吃得不多却依旧难瘦的原因。按照指导坚持到现在，总结出一个永恒的真理：世间万事都是有学问的，吃也更不例外，怎么吃，吃什么，什么时候吃，都是有技巧的，这技巧要是掌握了，完全可以收放自如。这让我更为深刻地体会到，钱没有白花的，知识没有白学的。

所以说宝贝，20 岁之前不漂亮可以怪你爸妈，20 岁之后不漂亮就只能怪自己。一个优雅的形象不一定会带来成功，但一个破败的形象一定会让你必败无疑。宝贝请你记住，你的形象才是你给别人亮出的第一张名片，记得定期升级你的名片哦。

婺　源

宝贝：

　　我们又一起开启了一个人生的第一次——婺源之旅。总结一下此行最令人难忘的两大亮点。

　　一是婺源篁岭晒秋。篁岭建村于明代中叶，有 500 多年历史。篁岭梯田叠翠铺绿，村庄聚气巢云，被称为"梯云人家"。篁岭属典型山居村落，民居围绕水口呈扇形梯状错落排布，景区由索道空中览胜、村落天街访古、梯田花海寻芳及乡风民俗拾趣等游览区域组合而成。

　　晒秋是一种典型的农俗现象，具有极强的地域特色，生活在山区的村民，由于地势复杂，村庄平地极少，只好利用房前屋后及自家窗台屋顶架晒、挂晒农作物，久而久之就演变成一种传统农俗现象。丰收时节五彩斑斓，对于整日满眼铜墙铁皮的城里娃来说，还是有点小激动的。

　你说："在这当个大地主好像也挺爽的。"

　我说："走，挑个大户人家把你放这吧，让你幸福一万年。"

　这第二晒更是激动人心，直接引发生理反应，那便是10月天36度烈日下的暴晒。索道门口无数个S弯的队排到你直接想就地躺平，眼看着走过一弯又一弯，却怎么也望不见究竟哪里才是尽头。各种汗臭味萦绕在身边，此时的我只能闭眼默念，自找的、不怪人。

　好像自打微信出世，"晒"就开始整日形影不离，好像一对一出生就共用某个器官的姐妹，说不清谁帮衬了谁，谁又成就了谁，只知道它俩的出现，已经开始颠覆一个曾经那么内敛、那么不善表达、那么谦虚低调的民族……晒吃，晒喝，晒旅游，晒心情，晒这些美的、好的都挺好，分享快乐，传递美好……最想不明白的是，那边亲人刚走，肝肠寸断且不说，手忙脚乱那是必然，哪还有空发一个"妈，您一路走好……"，难不成想让你妈爬起来给你点个赞吗？

　看来我这已然是快被晒晕的前奏，已经开始灵魂出窍替故人操心啦。想晒就晒吧，当某一天，岁月需要我们浅歇短息的时候，也会由衷地微笑着与灵魂同步到另一个世界。也许今生，我们存在的意义，应该就是那些在世情盛况里一点一滴积累沉淀下来的圆满。而这也是众多旁观者所不能理解的恒美与灵魂相遇后，绽放出的无与伦比的璀璨。

童年终结

亲爱的宝贝：

又辛苦了一年，又长大了一岁。妈妈欣喜地看到你一天天的变化，一天天的成长，这个过程对于我和爸爸是快乐的，也是最为珍贵的。你知道吗，很多时候我都想买一个超大容量的录像机，记录下我们生活的点点滴滴。这是我们老年生活的甜点，我们走不动的时候最好的礼物，但是我知道，更大的容量是我们的大脑和心灵，因为它永远不会丢失，永远不会断电。

宝贝，我也相信你不会忘记的，对吗？接下来你的童年时光就会结束了，我们努力给你创造了一个快乐宽松的环境。也许你会觉得："也没有啊，我也不觉得有多快乐，还要上学，学不好还会被批评，还是不能无忧无虑地天天只玩，想干什么就干什么。"

宝贝，妈妈想告诉你，这世上没有一个人会无忧无虑无休止地玩，没有一个。这也就是说，只要是人类，你都必须面对学习、面对压力、面对竞争。其实，动物界也应该有的，我想一定有，只是我们听不懂它们的语言罢了，你说对吗？

关于学习，宝贝，我想认认真真地和你聊聊，人为什么要学习。其实通俗地和你讲，知识好比你在"奇迹暖暖"中的服装，是一件有魔法的外套，可以让你光芒万丈。还记得《奇迹男孩》吗？主人公奥吉天生有面部缺陷，但当他站起来回答问题的时候，其他孩子都露出了羡慕的眼神。还有他的小发明，立刻吸引来那么多同学。

所以说，宝贝，妈妈知道你很在意别人对你的态度，对你的欣赏，这很好，说明你有很强的荣辱感。但是，可以永远吸引别人的，一定是知识，是你的内涵。如果你想赢得越来越多的赞美和掌声，唯有努力地充实你自己。你每看一本书，每掌握一项技能，其实就是你从"奇迹暖暖"上又买了一件新装，听得懂吗？

不过，亲爱的宝贝，还有一点，妈妈要坦诚地告诉你，无论你的学识多么广博，外貌多么美丽，依然会有人不喜欢。这就又好比"奇迹暖暖"的服装库里，有人觉得这件好看，你可能觉得一般。而你喜欢的那一件，在别人的眼中，可能也不咋地，对不？所以，我的宝贝，你要从现在开始明白，只要是人，无论是谁，都会有人喜欢他，有人不喜欢他，无论是谁……只要是人都会如此，无一例外。当然，我想动物世界里也是如此，只是我们不懂它们的世界罢了。

最后，宝贝，妈妈还想和你聊聊，关于坚持的问题。其实，妈妈觉得能不能坚持主要取决于你想不想。也许你会反驳说："妈妈我想，但我就是坚持不了。"那你回答我一个问题，土豆是你很喜欢吃的吧，而且这么多年一直喜欢，从不放弃对吧。原因是什么呢？应该是喜欢吧。对！就是喜欢。因为喜欢就能坚持，因为喜欢就会坚持。所以，亲爱的宝贝，道理非常简单，是不是？你希望大家都喜欢你吗？那就坚持热爱学习。你喜欢让大家都崇拜吗？那就坚持培养一项爱好。你喜欢穿漂亮的公主裙吗？那就坚持运动。你喜欢帅气的小男生关注你吗？那就坚持把自己变得越来越好。

新年和情人节

亲爱的妈妈：

　　新年快乐！情人节快乐！这些年你陪我经历了很多事情，也让我明白了许多道理。妈妈，你知道吗？你晚上不回家，晚上我和爸爸都觉得家里空空的。有时，我会仔细观察你的面部，曾经那张美丽透红的脸去哪儿了？现在只留下了黑眼圈和黄脸。妈妈，你是我们家的"super woman"（超级女人）。上得厅堂，下得厨房。你是个有责任心、有爱、幽默的人，妈妈，你就像我的朋友一样，你可以跟我讲你的心里话，我可以跟你讲我的悄悄话。我是一个幸福的小屁孩！对了，爸爸要我转告你他201314（爱你一生一世）。我2014（爱你一世）。所以，我们每天都要开心地面对一切，不要因为小事儿不开心。一起努力吧！

姥姥住院

宝贝：

妈妈今天心里很难受，因为姥姥又生病住院了。我坐在病床边，望着医院的窗外，初夏的树叶鲜嫩地争相吐绿，似乎和整层楼风烛的生命在炫耀……生命的降临是那么的顺利、美好，自然而然，可是，谢幕的过程却是如此的崎岖，我再想那些戛然而止的人一定是前世修来的幸运，虽然没能好好告别，但至少留给后人的永远是光鲜的背影……

姥姥好强了一辈子，打记事起，她就是个永远不会给别人添麻烦，永远把家里家外打理得妥妥帖帖的女人。如果她知道，几十年后的今天，吃饭如幼儿般的吵闹，总让我想起你1岁多的时候，要哄着编故事，东编一句喂一口，西编一句再喂一口，一会坚决不吃了，过一会又忘了，勺子递到嘴边就又张开嘴；如果她知道，睡觉要紧握着我的手才能安睡，否则便十几分钟就醒来，警惕地看着周围；如果她知道，大小便偶尔已经没有感知，尿不湿成了必备单品；如果她知道，她最心疼的小女儿已几天几夜不休不眠，不知道她会心疼成什么样子……如今，她高速运转了一生的大脑退化如襁褓中的小婴儿，整日咿咿呀呀说着只有自己才能听懂的故事。可是无论怎么的退化，我在她心目中的位置永远是抹不去的了。

"妈，我是谁？"

"你，你是我女儿还能是谁。"

"我是吗？你记错了吧。"

"别说这，我就是七老八十了，也不会记错，你放宽180个心……"

"那你今年多少岁了？"

"我……我想想，一五一十，我 35 了……"假如，人生真有来世，我想我一定会这样看着 35 岁的姥姥，在她的怀中，牙牙学语，抓紧她的指头，一刻也不敢放松……

只可惜，我们就要到站了，下一程，她就要丢下我了。看，她会盯着我，认真地告诉我："我要走了最不放心的就是你。"下一句，又去了没了由来的地方……我知道，这一天是终究要来的，我也知道，一生病病歪歪的姥姥，能坚持陪我到结婚、生子，到即将老去已是多么的不易，

167

只是，终究还是贪心的，总是要了还想要，有了还想有……

父母在，人生尚有出处，父母去，人生只剩归途，突然觉得做人真是件好无趣的事情，年少拼搏、努力忙着成材忙着成功……终究不过是奔向归途的路上多了几束鲜花、几朵彩云罢了，可谁又不是呢，终于想明白即便如此，为什么越成功的人越是要努力了，因为只有这样才不枉人世一遭，总是留下了点印迹……

想起前些日子看到的句子：奋斗的理由是年轻时不拖累生你的人，年老时不拖累你生的人，多么精辟的总结！

宝贝，因为你还小，所以属于我的革命尚未成功，虽然很难，但我仍需坚持努力，努力，再努力，直到目送你展翅高飞。我想，那就是属于我的胜利。

妈妈的爱

妈妈，我好想你。

你对我的爱是无法衡量的，就像春天的一缕清风，使我轻松；就像秋天的一颗果实，使我快乐；就像夏天的一根雪糕，使我美滋滋的。妈妈，你现在漂泊远方，我真的特别特别想您，回家吧，我们团聚吧。

您每天都会烧出不一样的饭菜，大家吃得都津津有味。

秋夜，我望着窗外，仿佛把您看作了那夜空中最亮的星。

母爱，是永远都买不来的，亲爱的妈妈！我爱您！

我愿化作那清风，与您相伴。

回忆，当然是美好的，真想拿出时光录像机，录下生活的点点滴滴。时间宝贵，不得买来，见缝插针，生活才会变得充实。烦躁对人类是一种大忌，平静对人类是一种良药。

我愿与你前行，在微风中，享受快乐，在阳光下，享受时光。

童年，不可挽回。

时光，不会逗留。

你，依旧会成长。

为你骄傲

亲爱的小宝贝：

　　这几天是你第一次离开爸爸妈妈的怀抱开始新的起点，爸爸妈妈真为你骄傲。当看到老师的表扬，以及你平静而又自信的电话，妈妈无比欣慰和骄傲！你又一次挑战了自己的小心脏，而且做得那么完美！非常积极地去印加，有这一点，今后无论遇到什么事，妈妈坚信你都能克服，都能出色地战胜困难！

　　谢谢你在家里有困难的时候表现出的责任与担当！

初　潮

宝贝：

　　你初潮了，自己惊得大叫："妈妈，怎么办呀，我还没有准备好。"然后就各种纠结，怎么两天就没了，正不正常呀，对不对呀？又上网，又百度好紧张。真想知道你是不是胆小鬼投胎，好惜命呀。不知道是不是生理的成熟会带动思想的进步，这段时间开始，你自己知道努力了，虽然成绩依然不是很好，尤其是数学，最差考过不及格，全班倒数。唉，但看着每天除了吃饭就是坐在桌前的学习态度我还能说啥，我只能在心里想"这遗传基因好强大啊"。我对数学也是先天恐惧，那种心里的慌乱现在都能想起来。所以就不想让你再重新尝试一遍了。

　　还有，你告诉我，你同桌的男生好像喜欢你，但他不帅，学习也不好，你不喜欢他。对了，还有你那个叫敏的闺蜜，那个让你欢喜、让你忧的女同学。你对和她的关系，那个重视呀，可你俩从北欧回来就闹掰了，你说你是下了好大的决心才和她断交的。因为，当和她在一个房间里住的时候，你才发现你俩三观不合，你无法忍受她不洗头不洗澡、乱扔东西、自以为是，还到处编你的八卦……

所以说，宝贝，妈妈为此想送一段话给你，善良是很珍贵的，但善良要是没有长出牙齿来，那就是软弱。心眼儿太好，容易被当作缺心眼儿。知道吗，小傻瓜……

What

亲爱的宝贝:

又是一年,过去一年,你开始经历儿童到青春期的转型。过去一年,你的口头禅变为"What?",对世界充满了好奇和憧憬。过去一年,你独自远行,开启了自己迈向世界的第一步。过去一年,虽然你学习成绩不是很优秀,但妈妈爸爸还是给你打了 95 分,因为成绩虽然很重要,但是良好的心理、健康的身体、开放的心态、乐观的性格比成绩更重要。那么既然这些这么重要,"What?"还要学习吗?你一定会问。

如果没有这一段努力付出,你所看中的一切,都将为零,有时甚至是负数。宝贝,这个世界,就是为优秀的人提供彩色的舞台,为平庸的人提供遮雨的窝棚,就这么残酷。

你想要什么，你真的想要吗？如果想，现在的辛苦和努力就应该不是为了老师，为了爸爸妈妈，而是为了你自己的将来。梦想不是在朋友圈喊一嗓子，就能实现的。新的一学期即将开始，妈妈相信，你自己已经意识到，并做好准备了，但妈妈还是想多说两句。

一是时间管理。宝贝，时间对谁都公平，不会多给你一分钟，也不会少给你一分钟。所以怎么用，用来干什么，能产生多大的效果，完全取决于你自己。有效的时间运用，尤其是在校内时间管理上，我希望你能认真地进行规划，比如单词的背诵、数学公式的背诵等等，完全可以利用小本、小条，或是在散步、活动的时候，心里默诵。这个真的很有效，否则，你的时间会越来越不够用。

二是自信心。这一点，妈妈想告诉你，你越不自信就越难迈出行动的步伐。可是你有没有静下来，把你的优点写在左边，缺点写在右边。找出不自信的原因，看看到底问题的按钮藏在哪儿？找到了，我们一起用力按下去，妈妈帮你，有什么不可以吗？如果是学习，我们就主攻；如果是身材，那就更好办了；如果是别的……别忘了，还是那句"神话"：没有做不到，只有想不到！

宝贝，2019 年，爸爸妈妈会继续陪着你，目送你越来越优秀，你一定可以做到。

体检报告

宝贝：

　　妈妈今天收到快递寄来的体检报告，犹豫了半天才慢慢地打开，第一列便是 CA242（糖抗原 242）升高，待查，明显察觉到我的小心脏晃了一下，随即开始翻看附在后面的检查报告，还好，高的不多嘛，再想看仔细点，化验单上的字对我来说却太小。"别漏看了后面一个 0，可数字又有些模糊不清，真是'意外没到，老花先到'。"自我调侃了一下，翻出爷爷留下的放大镜仔细照了照，没错，只是高了一点点。再往下看，各种结节、增生此起彼伏，林林总总 21 项，这是要变老的节奏吗？想起之前听到的一首打油诗，说人到中年真是应了两句话：血压高、血脂高、薪水不高；脾气大、嗓门大、心眼不大。之前当笑话听，现在逐一应验在自己身上，今天头晕、明天腿肿、早上牙疼、下午胸闷，偶尔传来某某不幸离世这类消息就会更加仔细地品味，再一对照各种早期症状，小心脏又要晃一晃，好像呀……惶惶然，晚上，你的一句话惊醒了做梦的我：

"妈妈，小婷昨天来那个了，吓得半死，一直追着问我，我终于体会到之前你被我烦死的心情了。"

"然后呢？"我很好奇你是怎么安抚小闺蜜的。

"然后，我就用你当时告诉我的经验，加上自己的感受告诉她'没事的，这是成长的必经之路，不用紧张，放松心情就会舒服很多'。其实妈妈，我第一次也被吓哭了，只不过没告诉你。"

"真的呀，为什么要哭呢？妈妈不是告诉你这是从女孩子到女人所有人都要经历的生理变化吗，很正常呀。"

"是的，可是我当时依然不确定到底我是正常的还是生病了，哈哈，不过还好，后来一聊大家都一样，我就不觉得害怕了……"

这一刻突然感悟到人生真是一个不断学习的过程，每个阶段都有每个阶段要掌握的知识，如婴儿 7 个月学坐，8 个月学爬，9 个月发牙……我们何尝不是如此，43 岁眼花了、45 岁该更了、55 岁要绝了；而此时的我们，自以为人生半百，历练无数，没有什么不知道，没有什么不可面对……说归说，真到了这一天，首先就不知道该怎么面对自己断崖式下跌的雌激素和偶尔失灵的器官，我们嘴上说："老了，上年纪了。"可当出现问题时，第一反应往往忽略了年龄，忘记了零件的正常损耗，紧张兮兮地担心自己的身体状况，疑神疑鬼。到底该怎么面对我们老去的身体，这将是我们以后必须面对的问题，不能嘴上说老了，心里却完全没做好面对的准备。前 50 年，我们一路上坡逆风飞扬，能看淡人情的冷暖，能接受事业的起伏，能原谅不忠，能放下背叛……可唯一没有学会的是怎么和这副被自己糟蹋半生的皮囊好好相处。

好友青儿在闺蜜群里发了一句："昨晚一夜狂咳，在想，如果此刻去了还有啥可遗憾的事吗？"顿时，群里如雀儿归巢般热闹起来："存折密码说一下""那几双新鞋我可以接收""保险受益人改改"……哈哈大笑，也许一个人此生最大的幸福，就是终于能够站在这样一个状态里：一切都过来了，一切又都还在；一切都已成型，一切又都值得去认真对待。

所以说，宝贝，妈妈想告诉你，这就是人生该有的境界吧，总有一天，你会一点一点地照单全收，毫无例外。

女神节

To mom：

　　亲爱的妈妈，女神节快乐！祝您青春永驻，身体健康，工作顺利。3月7日，我俩都来了月经，我终于体会到了"痛经"这回事。今天上数学课的时候，反应最强烈……你知道吗？你不知道我来了之前，都是我同学在照顾我，今天早上，有两个女生还直接把冲锋衣脱了给来"月经"的女生穿！（包括我）不过后来，我还是让她们自己穿上了。

　　今天是您的日子，所以我代表爸爸向您说："老婆，您辛苦了！"女人，真和很伟大！！！

　　Happy Women's Day！（女神节快乐！）

　　Love You！（爱你！）——美好，依旧在路上。

丫丫

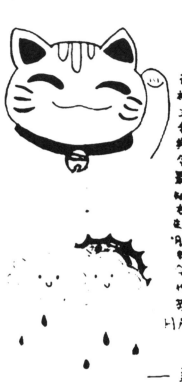

To mom :

亲爱的妈妈，妇女节happy!
祝您青春永驻，身体健康，
工作顺利！♡♡♡ 3月7日，
我们两个都来了月经，我
兴奋等会到了"葵花"还哭，
今天上散步课的时候，反应
最强烈......你放心吗？在我
和通我来了之前，都是好同学
在照顾我，今天早上，身而他
还迟至摊吧，中度夭晚！宝宝
"月住"的性事！(包括来月经还
来，我爱盖让他们自己贵上。
今天，是您们的日子，所以我
代表爸爸向您说！老妈，你辛苦
苦了！女人，真的很伟大!!!!♡
HAPPY women's DAY
    LOVE You
—— 美好，依旧在路上

2019.3.8

12 岁

宝贝：

今天是你的生日，我们成为一家人已经 12 个年头了，说快也快，你仿佛瞬间长大，说慢也慢，你儿时的样子离我们越来越远……

长大，对于你来说是新奇、是探索、是思考、是努力，这段路程有一段一定会阳光明媚，有一段也必然会细雨绵绵。妈妈想告诉你，无论是阳光还是细雨，它们都是你成长过程中的一道风景，独一无二，所以，千万别在整日的忙碌中错过了抬头仰望星空，最亮的那颗星就是你的梦想之星，不要觉得它离你太远遥不可及，不要觉得它高不可攀望尘莫及……因为你有我们、有爱你的老师、同学、密友时刻陪伴在你身边如风随影，鼓励你，帮助你，给你加油，为你鼓掌！因为我们坚信你的付出终会有报、你的坚持终将美好。

姐妹们，此刻，如果有人问你怕更年期还是青春期，我想你一定会毫不犹豫地回答："更年期有什么可怕，不就是潮热、脾气大吗？多吃几瓶逍遥丸就好了，再不行就喝个静心口服液，忍忍就过去了，青春期搞不好那是要翻天的呀，一阵风来一阵雨，三天一大震，五天一小震，哪个妈能控得住呀……"

初中是关键的时刻，学习成绩不好怎么提高？

早恋要怎么处理？

叛逆该怎么应对？

结交了不好的朋友怎么办？

还有最烦人的，手机怎么管理？

……

想来真是天苍苍、野茫茫，泪眼汪汪真迷茫。姐妹们柔弱的肩膀，怎么承受得住这千斤重担，除非你有六臂三头或是哪吒转世，既然如此，我们不妨静下来，回望一眼青春期的自己，还记得那个年少的自己吗？我想，还是会历历在目吧，只是这一路的狂奔让你忘了回头，但其实只要你肯倒回去翻一翻、看一看，看似无解的问题就会迎刃而解。

谁的青春不是青春、谁的青春又都不是一样吗？瞧见不爱学习被妈妈劈头盖脸数落的你了吗？翻出那个懵懵懂懂地画着爱心的日记本了吗？记起哆哆嗦嗦模仿家长签字的怂样了吗？……

所以说，姐妹们，谁没年轻过呢，只要你肯经常换位思考一下，这事换成当年的你，希望爸妈怎么对你，己所不欲勿施于人，松松手，退一步，只要让孩子觉得我们是爱她的，时时刻刻让她感受到爱，无论考了多少分、闯了多大祸、恋了谁和谁……不要因为这，咱们就不爱她了，母爱是无私的，更是无条件的不是吗？永远记住，爱，是人生中能治愈一切的良药！至于手机，樊登老师讲过一本书叫《屏幕时代，重塑孩子的自控力》，不妨买一本，听听专家怎么说吧。

慢

规划是门学问

亲爱的宝贝：

正如你所说的，"妈妈，你觉不觉得这一年过得好快呀？"这一年，准确地说，这一学期吧，你可能觉得很快。但妈妈觉得对于你，或者说对于我眼中的你而言，并不是特别轻松的一年，甚至可能是你成长以来最难过的一年。为什么这么说呢？

难，第一是心态的转变，从小孩儿到小大人的转变。一会儿觉得自己还小，一会儿觉得自己长大了，一会儿觉得应该听话，一会儿觉得为什么一定要我按你们的要求去做。

难，第二是学习的强度和压力骤增，增得让你完全没有反应过来。"哎呀，没时间呀，没时间呀，哪儿有时间呀……"这句话在这段时间成为你的口头禅。

难，第三是朋友之间相处的问题，可能也会越来越多，而且越来越复杂。小女生之间的叽叽喳喳，也会时不时地影响到你，"一会儿风来一会儿雨"，用这句话来形容最贴切不过了。

宝贝，如果我说这都是成长的必经之路，你一定会淡淡地说"我知道"，但内心一定会想"好难呐这条路……"宝贝，你慢慢开始了解人生的旅程了，你不觉得它就是个旅程吗？上路之前先做攻略，哪里有什么风景、什么美食，什么地方可以买买买，什么地方有风险，什么地方住宿很贵，什么地方值得去。只有做好每一次的规划，你的每一段旅程才会美好而难忘。你想想那天说的台湾之旅，为什么不想再去了呢，是因为之前完全没有规划，因为是学校组织的，你们是被安排的，所以你就觉得很无趣，再也不想去了。以后如果有机会，妈妈做个方案，我们一家再去一次，你或许就会有完全不一样的感受。所以说，宝贝，人生的旅程和你无数次的旅程一样，你要想活得精彩，就一定要提前认真规划，规划很重要。

当然，光有规划，如果没有行动，那就叫妄想。而行动就一定会伴随着辛苦，也一定会挤占你大多数吃喝玩乐的时间。这一点，妈妈不想逼你，随着年龄的增长，你一定会越来越清醒地认识到这个问题。"没时间呀"这个词儿，也一定会慢慢地从你的嘴边溜走，时间管理将会是伴随你一生的课程。你认真回想一下妈妈的一天，时间要分给妈妈、女儿、妻子、妹妹、朋友、老板、同事、客户、舅妈、小姨等等这些角色，对啦，还有自己（不能因为众多的角色需要，而忽略了自己，让自己没有时间变得越来越好、越来越美）。妈妈说过"好忙呀，没时间、哪儿有时间呀……"吗？应该没有吧，或者说极少有吧。

但规划也是门学问，要不断地学习，不断地整合，不断地尝试，而不是天天抱怨时间不够，你说对吗？人心都是肉长的，没有一个妈妈会看到自己孩子辛苦努力而不心疼的，但也没有一个妈妈，不希望当她不能再保护孩子的时候，孩子可以自己面对人生的坎坷和颠沛流离。父母对于子女来说，终究是一场渐行渐远的目送，总有一天要说再见。妈妈只想，如果到了那一天，能放心地放手让你去远行。

总结你这一学期，妈妈觉得可以用优秀来打分。全方面的优秀，更加勤奋，更加自律，更加自信，更加亲密（我们）。如果要提一点小建议，那就是还应该多一点点阅读，再挤点时间给人类唯一忠诚和靠谱的朋友，好的书籍可以和你产生心灵的沟通，直击你的内心，仿佛说出你灵魂深处不为人所触摸的东西。这些你需要用心去体会，那种拨动心弦的感觉，很美妙，你会慢慢地越来越喜欢阅读。知道妈妈为什么偶尔带你和爸爸去米其林的饭店吃东西吗？因为经典永远都是经典。好的经典，终生难忘，唇齿留香，就如一本好书，而电子产品就好比快餐，可以吃饱，可以满足当下的口欲，但不会回味无穷，对吧？

　　所以说，宝贝，快餐偶尔吃吃，经典能多吃一顿就是一顿。有道理吧，哈哈哈哈。

爱你的小姐姐

齐云山

宝贝：

　　今天我们到了齐云山，这个地方如果不记录一下，估计都很难想起曾经来过。齐云山古称白岳，因遥观山顶与云平齐得名，为道教名山之一，虽是国庆，人倒是不多，猜想也许一查是"道教名山"而非"网红打卡地"，所以稍得以清静逍遥，索道快速地载人上山，林深处隐约的白墙瓦房引人无限的遐想……这山大沟深的地方，会是什么人家。

　　转眼就到了山顶，寻一家看起来还算干净的民宿——长生楼，难道人人都盼长生吗？长生真是个好东西吗？这么凄楚的话题，好像不太适合这个场景，不想也罢，长不长不重要，好不好才主要吧。一煲土鸡汤，几碟家常菜，让我瞬间打消了对人生的思考，垂涎欲滴地望着一煲浓汤，无奈太烫，只能任唾液在唇齿的空隙中不断翻涌，心底默想"古人也不全对，热豆腐早吃一口晚吃一口有啥可急的，这热鸡汤光看不能动那才叫真心着急呀……"

在鸡汤的光环之下，老火腿炖豆腐就远不如挂在杆上那番的摇曳，那肥美的大腿似乎验证了某些腿是就只能看看，真要拿回来放在柴火中混搭便失去了那抹鲜活，顿时沦为再寻常不过的一块陈年老肉。

所以说，宝贝，看来来回回万事万物，别光把别人当成风景，殊不知自己也早已是别人眼中的一道景，走走停停，咂巴咂巴这自己品出的人生滋味，慢慢悠悠，让滚滚红尘里那些繁华留存在自己的记忆中。让我们用自赏的勇气，品鉴一段回不去的似水流年，也算人生没白来过。

瓜子仁的传承

宝贝:

　　这个周末,你的一个小举动把老母亲感动得一塌糊涂。可能你自己都不记得, 但是我必须把它记录下来。

　　每年惊蛰前后, 气温变化大, 我就特别担心姥姥感冒,隔三岔五地在屋中间煮一盆醋。也不知谁发明的这个方法,反正总是要煮的, 直到小小心心地熬过清明, 家里才解除警报……

　　最近, 大家不太出门, 在家的日常也就丰富起来。葵花籽, 这个平时百姓家的常客又被请了回来。你爸还是有点喜欢嗑瓜子的, 闲来无事总会嗑上一把, 但这个节目好像自打到了南方, 在我们自己的家里就从未再上演过。头些年倒是偶尔买一些给姥姥姥爷, 姥爷的嘴是停不下来的，但一吃又要咳嗽，于是就咳一下再吃，吃了又咳。那时，这玩意儿我几乎是不吃的，可打小会嗑，也许因为属相，也许因为其他，反正忘记几岁起练就了这个本领，但我会嗑完把瓜子仁放在小手帕上，小心翼翼地拿给姥姥，"逼"她一口吃掉，每当看她嚼的时候，我就觉得她是全天下最幸福的妈妈……

今天，当你捧着一把嗑好的瓜子仁，小心翼翼地放到我的手上时，我顿时觉得自己也是全世界最幸福的妈妈，唯一的变化是手帕变成纸巾。

满把的回忆、满心的情愫弥漫了整个午后，这算起来，也应该是传承的一部分吧。所以说岁月的温婉，从来就无须刻意，把那些曾经的过往藏在心里，每当微风轻轻拂过，便会唤醒记忆里的片段，偶尔提起，就会想起自己也曾被时光宠爱过。在那些美好的时光里，只要我们不辜负每一分每一秒，分秒之间，就活出了自己的颜色，做成了自己的女王。

谢谢你宝贝。

13 岁

亲爱的宝贝：

今天是你 13 岁的生日，时间过得真快，又真慢。快的是你转眼已经快和妈妈一样高了，言语间完全是个大姑娘了，慢的是我们好像认识了很久很久，可细细数来，怎么才 13 年呢？

回顾你的 12 岁，有点小遗憾，有点小情绪，有点小心思，有点小痘痘，这些都很重要。妈妈也能体会，我无时无刻不在回想，当年的我会怎么想、怎么做、怎么骗爸妈，怎么假装做作业人在神游、怎么……

不过，其实你已经比很多小孩优秀了，尤其是你听了妈妈的建议，写下了第一份心愿清单。这很重要，你知道吗？告诉你个小秘密，其实我每年都会给自己制定一个目标，而且很神奇，大约坚持到现在 30 年了吧，基本上 80% 都实现了，我总觉得冥冥之中，老天好像能看到你写下的小目标。无论藏在哪儿，他都能看到，都会帮你实现（这是个小机关，就是一定要写下来，心里想是实现不了的，而且要多看，时不时拿出来看，就真的会实现，不信你可以试试）！

最后，妈妈想送你一句生日祝福，亲爱的宝贝，13 岁的列车已经等你上路了，青春的行李箱里已经载满了人生的梦想，妈妈对你的成功深信不疑，只要你能坚持！坚持！再坚持！世上所有的成功，其实就只要这俩字就能实现！

爸爸生日快乐

Give to my dad , hope you have a nice birthday in 5.20.

（很工整，一个划掉的都没有）

亲爱的爸爸：

生日快乐！520快乐！又一年了，时间真的过得好快，我现在也不知道能送什么礼物给您了。而且我在学校，就用信来表示一下吧！其实到13岁的时候，我就什么都一下想通了，比如，以前常说您对我态度不好，有些东西我想要但是没买到就会对你耍脾气，您说我两句就特生气……现在想想都觉得好笑，以前待在家倒没什么感觉，就住校这几天，我感觉日子好漫长，天天都想家，从来没有这么想过。哈哈哈。周末，和您还有妈妈待在一起就好幸福，虽然有些时候咱俩会闹点小矛盾，但一会儿就好了，对不对？当然了，你肯定觉得现在我们话少了，其实不是，这很正常，我也在努力地找话题！！！

也谢谢爸爸妈妈对我的关心，行李都帮我收拾得妥妥的，每次周日我就莫名的有些伤感……希望往后，咱俩的关系会越来越好，我也尽量不让您叨叨，哈哈哈哈，也许以后我们会没有话题，也很少讲话，但您要记住我还是爱你们滴。

祝亲爱的爸爸生日快乐，身体健康，平平安安，顺顺利利，也祝亲爱的妈妈越来越漂亮，越来越甜，请原谅我不能陪你们一起过生日！不过就提前祝爸爸 HAPPY BIRTHDAY！

爸爸5.20也得给妈妈过（类似情人节）

丫丫

母亲节快乐

Mother's Day Happy！

To 妈妈：（字有点乱）sorry

　　这一篇是写给妈妈滴，来弥补一下我没给您送母亲节的礼物。这几天我在学校，感觉每天都好漫长，今天才周二啊！好想回家，我从一年级到现在估计没有在学校住过这么长的时间吧……这几天和同学相处得还可以，我感觉我已经有好久没见过你们了。突然发现，您的更年期、我的青春期度过得还比较融洽。没有我想象的那么糟，哈哈哈，我也特别感谢您在我偷偷看手机的时候没有说我，所以我也在改正，在学校认真学习……也许咱俩有时也会偶尔抽抽风，不过能相互理解就已经很好了。这次写作文的主题是"我的偶像"，我就写了您和爸爸。

其实我也发现写信是一个很好的沟通方式，比面对面交流要真实得多，不过现在都没什么人用这种方式沟通了。

恨不得今天就周四，这样明天就能回家了！嗨，在学校每天都过着同样的生活，枯燥乏味，但学习就是这样呗，让我来体验体验独立住校的感觉。反正写这么多，就是想告诉你们我 miss（想念）你们，希望以后一直都能和谐相处。

迟到的母亲节快乐，辛苦了！

丫丫宝贝

写给爸爸妈妈

Dear 爸爸妈妈：

　　今天已经是周三下午了，总算快熬出头了。今天下午上设计课的时候，我差点崩不住了，第一是想回家，第二是我看她们几个玩得挺好的，我就像空气一样。不过到了下课，我又想通了，她们不和我玩，我可以和别人玩。后来洗澡的时候，我们就又和好了，很莫名其妙。我觉得这周在学校真的特别特别特别的漫长，如同蜗牛一般的慢。不过，基本上还是挺好的，该上课上课，该下课下课。在学校睡常常会做梦。有天梦到了爸爸有个飞行器，能想到哪儿到哪儿，我就说咱们去美国的××洲岛吧（具体我也不记得了，妈妈也不在），后来到那儿，发现岛很小，而且太阳已经下山了，不过很美。然后我和爸爸就去划船玩水（在一个沟里），结果我看见两条蛇朝我们游过来，我就赶紧划船逃跑，并报了警。警察来了问我们有啥事，我就用英文说看见了蛇在这沟里，等警察再找，我和爸爸就坐车回美国中心了（这梦很离谱）。

这周我喝的水也多，每天在三杯左右，好想快点回家！！！明天是最后一天了，加油，而且明天还得去 Ms 肖那儿。这几天早上，你们猜我们吃的啥？就是那种外面买的饭团（韩国的那种）又有点像寿司，我早上就只吃那个，中午晚上就真没啥吃的了。

希望咱们快点见面呗～

And 祝爸爸生日快乐哦。

丫丫宝贝

难忘的父亲节

宝贝：

　　今天是父亲节，却发生了一些意外，我想今后的若干个父亲节你可能都会不自觉地想到今天。

　　今天一早，我收到短信提示，有一笔800多元的消费（你的手机和我的手机是关联的，你可能忘了这一点），但当我问你买了什么的时候，你居然骗我说是给爸爸买父亲节的礼物。妈妈最不能容忍的就是欺骗，我快被你气疯了，你知道吗？准确地说，应该是被你吓到了，我完全没有想到，我的乖乖女怎么一夜之间学会了骗人，变成了不良少女。你从卡上花了几千元，而且是转给同一人，分多笔……妈妈设想了各种网上看到的可怕故事，一时间乱了方寸，13年来第一次动手打你。锅里是我给姥爷做的饭，和专门为父亲节精心准备的几样菜，原本计划早点去医院，可这一刻，我的手抖得居然拿不起锅盖，不知道该怎么面对这突如其来的事件。

你显然也被吓到了，反反复复地求我原谅你，一遍遍地说，只是好奇，起初想聊聊就退群了，后来发现里面的人居然可以随时回应你，渐渐地就欲罢不能了。

下午妈妈从医院回来，认真想了想，这件事发展到这个阶段，的确也不能单方面地怪你，爸爸妈妈也有责任。孩子的成长需要父母不断地修正和督导，而妈妈把你想得太过自律，太过成人化了。可以说其实对于手机，成人也很难有抵御能力的。还有，就是妈妈放大了担心，网上的骗子太多，花样翻新，妈妈是真怕你受伤，哪怕一点点，我都不想。我也知道我们不可能保护你一辈子，有些亏还是要自己吃了才会记住，有些路也必须独自走过。都说静待花开，可能做到静待的又有几人，不养儿不知父母心。我的眼前不断地在回放曾经的我和儿时的记忆，我的青春期，我和姥姥的斗争。妈妈一直想努力地做个可以共情的母亲，可以给你一个不鸡飞狗跳的青春期，看来我想的过于轻松了。但无论如何，妈妈都不应该动手打你。对不起，宝贝，虽然我们相拥而泣，我也感觉到你没有记恨妈妈，可妈妈还是挺自责的。

姥姥走了

宝贝：

　　姥姥走了，我的天塌了……

感恩节礼物

To 妈～

希望能和妈妈愉快地度过青春期＋更年期，我们共同努力。迟到的感恩节礼物，表示我对您的爱是永恒的！相信您会喜欢。本来想给您个惊喜，但中途出了点意外，不过结局是顺利的。我希望您可以放下过去，把目光放向更远的、更美好的未来。时间还长，我会一直陪着您和爸爸。

某人说我感恩节没表示，那我就借着快过年了来表示表示。

来新学校快一年了，认识了很多朋友，自己的感触也很深。很庆幸当时爸爸妈妈的果断，很感谢老师们的不断认可和激励，更感谢我自己。妈妈，你知道吗？我自从五年级之后做梦都没想到数学还能学懂，没想到有人会觉得我学习很厉害，没想到能自己对学习操心，没想到雅思能考出高分，没想到有一天会对手机也没有太强烈的欲望，没想到可以静下心来学……

高中，对以前的我来说是一个非常迷茫的词，会不会跟不上，能不能学好，能不能好好学都是我常常担心的问题。妈妈，你和爸爸经常说我会青出于蓝而胜于蓝，但我还是挺害怕的，达不到咋整，你们会很失望吧。这十个月对我来说是一个思想上的大转变，我发现努力是真的会有收获，我发现和优秀的人玩是真的会变优秀，我发现听得进去建议是真的有帮助……太多太多了。现在，我感觉每天都过得很充实，尤其是晚上效率很高，每次认真完成作业的感觉还是挺好的，比以前浑浑噩噩的日子好多了，不，是好太多了。

也辛苦你和我爸了，为了我的早餐还能吵架，这哪能够啊，我在学校吃挺好的，每天按时吃饭，我还寻思为什么我现在总是一到饭点就饿。周围的人都对我帮助很大，但也有一些小波澜，我和JX闹掰了，不过我真没有多在意，我觉得既然她对我没啥帮助，我和她玩也是浪费时间。当然，话也不能这么说，可能她和我本来就不是一条路的人吧，都有各自的生活，我到那个让自己舒服的群体就好了。

当然，也有不太好的时候，我有时候会觉得自己没啥动力去学，状态不太到位。但是还得继续啊，离目标还有的是距离，慢慢来吧，说不定哪天我对那些学不好的学科都开窍了。最近，我就感觉我的物理到了瓶颈期，太粗心了有时候，总看错题。

　　总之，很感激身边所有激励帮助我的人，家人、老师、同学……人要朝前走，路要朝前看，咱们都慢慢来吧，毕竟还有两三年。

　　p.s.作业写完了，现在打算睡会。

感恩有您。♡

To 妈～

　　希望能和妈妈愉快的度过青春+更年期，我们一起共同努力♡迟到的感恩节礼物，表示我对你的爱是永恒的！相信您会喜欢。本来想给您个惊喜，但中途出了点意外，不过结局是顺利的心我希望您可以放下过去，把目光放向更跟远的，更美好的未来。时间还长，我会一直陪着您和爸爸♡

2020.11.28

三八妇女节

Dear 妈妈：

　　三八妇女节快乐！趁这个机会，和您聊聊在FT这两周的感受加经历吧！

　　First，解决了一个我一直都在害怕的问题，就是人际关系。现在看好像也不用咋担心，我和同学相处都很好，也有人下课找我一起走的，就也没有那糟啦。我认识了好多女生，A、B班差不多全认识了，现在玩得比较好的有茜、骆、喻、欣、璐、雅（15岁雅思考7分的那个女生）、珊、畅，和几个男生A聊得也还行，一个弹吉他，一个弹尤克里里，共同话题比普通男生要多一点。在学科方面，物理和化学还好，在初级阶段，但还是有一定难度的，因为需要自学，还是全英文教学。下课我基本都往办公室跑，找 M 老师（数学老师）和 L 老师（物理老师），有时候也会去找 W 老师改化学作业。欣还问我为啥总去办公室。感觉每天都有事情做，没有被虚度（很充实的感觉）。下晚自习的时候，总看到 W 老师的儿子戴个耳机听文章。B 班的学习氛围特别好，大家对学习真的很认真，不管上课还是下课，同学之间的对话也都是问题（日）。我还是蛮吃惊的说实话。上课也都在认真听，不像以前上课总是发呆犯困。我在努力改变！！！

当然可能有时还是会在学习上有些问题，但我相信会努力转变的。上次哭是啥原因？单纯不想回学校，有点不适应。没有什么同学欺负我啥的，放心吧。经济课真的挺好玩的，就告诉我们钱的形式是什么，什么是钱，钱可以干什么，中央银行可以干啥，商业银行的功能……物理上次 Lea 给我了份导学案，我全对！！！太厉害了，自己都不相信。

前几天在学校翻到了 2 月 20 日到 25 日写的日记，第一天几乎全是抱怨的，说什么自己谁也不认识，感觉班上的同学都好难相处之类的。好像到了第四天还是第五天的时候，自己就把新学校的优点都列出来了，变化可大了。还有一点，我不敢相信自己数学是 A*，问了 M 老师，他说："你晚来的作业还能跟上，态度很好。"我好开心啊，哈哈哈。

其实还是很感谢你们当时强烈建议我来这个学校，不然我也不会有这么多感受，如果我还待在原来的学校也不会这样。真的挺感谢的。虽然周末的时间变少了一丢丢。但是我已经在慢慢适应了，不用过多担心，我马上14岁了，有些事会自己明白（不只这些路会自己走，妈妈以后也不用给我搞什么特殊，既然来了就随俗，X的特殊就留着吧）。

OK，OK，以上就是我的一些感受，祝妈妈大侠三八节快乐，天天开心，越来越仙女。

相信我们都会越来越好！

信也是写给爸爸的。

（整体写斜了，不好意思）

丫丫

姥爷走了

宝贝：

　　姥爷走了，至此，这世间又多了一个孤儿……

送礼和收礼

宝贝：

　　今年生日，妈妈送了你手机作为礼物，可你嫌颜色不是你喜欢的，虽然你没说什么，但是我依然心里很不舒服，为了维系和谐的关系，我暂时没有发作。但我还是想和你聊聊关于收礼和送礼这件事，否则我们未来可能因为这个不能愉快地玩耍。

　　都说送礼是一门学问，其实，收礼的方式也是极有讲究的一件事。多数时候，对收礼想的是，有礼收多好，收了就是，还能收出个啥花样不是……我也是这些年从一个好朋友身上学习到的，同是收礼，给你留下的余香还真是千差万别，原本一份心意，你送个锅，她说锅多要不换个碗；下次送个碗，她又说碗有了，要去换个壶；你买个宽松的，她想要个紧身的；你送个紧身的，她又说太紧不舒服……好不容易有一次不用换的，以为总算满意啦，上赶着问一句喜欢不，换来的却是一句不咸不淡的"还行吧"，久而久之，就是亲妈也不想伺候啦。

可妈妈的好朋友不是这样的，她会刻意记住哪件衣服是你送的，哪个首饰是你置办的，总会在我们相见的时候穿戴上这些物件，刚开始还纳闷，怎么她总穿这个，她应该有很多可临幸的"宠物"才对呀，终于有一次忍不住问起，她笑着对我说："每次见别人的时候，穿着人家买的，戴着人家送的，是对别人最大的尊重和最好的回馈，你要是总也不穿、不用，别人一定以为你不喜欢，日子长了，谁还会再有这个讨好你的心情……"所以说，收礼，其实收的是那份心意、那份情意，别在挑肥拣瘦中慢慢磨去了人性的善意，每个人都希望成为一个情商高、受欢迎的人，可为什么有的人总是"理想很丰满，现实很骨感"？问题可能就出在：他们总是出于各种自以为的原因，不接受别人的善意。为什么高情商的人会欣然接受别人的善意？想是因为懂得换位思考并富有同理心，不会仅凭自己的主观感受去拒绝别人的善意，而是站在别人的角度，设身处地地去理解别人行为背后的情感。懂得成人之美，接受他人的付出是一种尊重，接受别人的善意、成全他们的善举，更是一种智慧。纵观人与人的交往中，你能接受多少次自讨没趣仍坚持给予？能经受多少次被嫌弃还热情如初？又能承受多少次热脸贴冷屁股依然屡败屡战？

所以说，宝贝，你能愉快地接纳我对你的善意，这意味着我的付出得到了你的认可，我会油然而生一种满足感，也有了为你付出更多的动力。反之，如果我所有的善意，你都要挑剔或是不咸不淡地来一句"还行吧"，那最后我可能就再也不会为你做任何事情了。

当然，更多的时候，包裹着某种目的的礼物不收也罢，收了总是要还的，这世上哪有那么多无缘无故的善意。古人云："来而不往非礼也，往而不来亦非礼也，礼尚往来理亦然。"

话说你这个小东西，现在道歉的速度，已经练到比翻书的速度还要快了。

致歉信

Dear mom：

　　你说的确实有道理，其实一开始我也想到了这个问题的。但是后面没有考虑你的感受，会很失望。其实换我肯定也是，但是我今天真的特别开心和惊喜。我还和我们同学炫耀说我妈偷偷给我放的，还写了信。其实换不换对我没所谓的，我今天也想着不换也可以，蓝色也好看。我当时说也只是以为你会按着那个图片买，我想着过段时间再告诉你，提醒你一下。但是没关系，我有我的问题，下次一定改正。我真的发自内心地喜欢，你也不用觉得沮丧，我有点太自私了，光想着自己了，我会学会接纳美好，对别人也不会直白地说不喜欢，毕竟都是一片心意，而且我当时真没想到可以自己拿去换……

　　总之很抱歉，我会改的。

　　今天看到信的时候也很开心（而且听完你说的也确实，以前也没往这方面想，也没意识到。你不要难受了，不换我也觉得挺好的，只是觉得蓝色有点小不适合我，无论如何，真的请原谅我，要不还是把蓝色给我吧，和我偶像的还是同款）。

妈妈生日快乐

亲爱的妈妈：

祝您生日快乐！顺顺利利，身体健康，平安顺遂。

首先，我为我母亲节没有任何表示的行为表示非常的抱歉。昨天你肯定也很伤心……我本来想着做顿早餐的，在手表上设了闹钟，但是后面可能是睡得太死了，就没听见。总之超级抱歉。

期中考试才考完，自己也看到了一些进步吧，不能说多好，也不能说有多少分，但对我来说，是起到一个积极的作用的。初二直升高一（下学期）想想都觉得蛮困难的，我当时来到新学校的时候就想着自己要努力，比任何人都要付出的多。有时候，一天找物理老师好几次，一节课变三节课，然后数学就在 4:40 下课同学们吃饭洗澡的时候，去找数学老师补(主动)。我刚学二元一次方程画图象那里，怎么也搞不懂，问了数学老师三四遍也没懂，后来就去找了W给我讲，结果越讲越晕。我就自己拿笔记本和卷子回教室推，结果推着推着就会了。期中考试也考了画图，那题就是全对！昨天考完口语，大家都对自己的Part2不太满意，可是你觉得他们抱怨了吗？No，No，反正就互相鼓励，然后加油打气。畅跟我说，我们B班这几个女生是她遇见过最好的朋友。

其实来这个学校之前，我不是很自信，不，应该说是极度不自信患者。但是来到这里一段时间之后，哎，好多了。以前不是都不敢和别人对视吗？现在敢了，上课的时候也会去回答老师的问题，唯独对成绩还是不太自信（虽然大家都在说这已经很好了）。经济和物理本来预期是70分以上的，但后来还是没达到。我自己也分析了一下问题，经济如果早点背就可以了，物理还练得不够（刚刚得到消息，物理是61分，上次和你说了有一题不知改没改错），我是那种容易一学就忘的，所以要反复滚动。

最后一个好消息，我的期中模考雅思成绩出来啦！听力5.5分，阅读5分，大作文5分，小作文5分，平均5.5分（口语5.5的话就总分5.5分）。口语问了英语老师，他说好像是5分还是6分（得到消息5.5分）。

其实我对这次雅思模考已经比较满意了，而且我觉得我的听力有优势，可以发扬光大！这次母亲节和生日，没准备什么特别的礼物，这份成绩就先送给您，哈哈。

在新学校里我很快乐，才觉得转学是多么正确的选择。学习态度和努力程度也比在BGY要好了很多，这种感觉真的特别好。身边的朋友也玩得很好，我也经常和她们说一些以前学校发生的好玩的事。期末我也会更上一层楼，听不懂的话多自己思考，可以有更大的成就感！

老师说我的成绩在B班超过了6个人，在A班超过了更多人（他们平均4分），我超过了××！！！太开心了！反正肯定不是班上倒数，这个生日礼物如果是我的话，还是比较满意的，哈哈哈。

生日快乐妈妈！你要变得更坚强。

丫：我会继续努力的！

原谅这次生日没给您好好过。

孩子在哪家在哪

宝贝：

　　记录一段我的心路历程，为你以后做母亲留下一个闪亮的路标。

　　在我的认知世界里，不知道还有哪一国的父母能像中国的爸妈这么认真负责地繁衍生息。纵观身边的林林总总，没孩子的时候，说得慷慨激昂，我以后绝不会当宝妈、我才不去学校门口等、我傻呀好吃的不吃全留给她……可自打孩子落地那一刻起，爸妈就会分分钟认怂，再洒脱的主见了娃也变了模样，各种献媚讨好，各种鞍前马后……还有甚者，居无定所，孩子在哪家在哪，孩子学校在哪，就打包搬哪，夸张吧，之前别说做了，光听到这事都觉得太奇葩了，至于吗？哪里还上不了个学，可轮到自己身上，还就活脱脱地打脸了，各种机缘巧合之下，我也加入了随迁的大军，自嘲一下：这不是效仿古人的孟母三迁吗，我这才两迁呢，不知道能不能超越孟母？

回想，你小时候我还真没这么贴身服务过，印象中大约从 10 岁开始，隐约中听到你青春那细碎的脚步声，于是马上开始调整方式，每晚的睡前半小时，或是帮你梳梳头或是给你挠挠背，或是讲讲我小时候的故事，再或是听你说说学校的小伙伴，这么一陪就是六年。可别小看了这每天半小时的魔力，它让我们愉快地度过了听而生畏的 14 岁。每每看着你熟睡的样子都会感念，这不就是我十几岁时想要妈妈和我相处的样子吗？原来，初心的源头还是从自己的执念中升腾而来呀，原来，母性的本能在这么小的时候就已经开始发芽……为了你，别说三迁，就算 N 迁也是心甘情愿的。

此刻，耳边响起姥姥和我的一段对话。

"妈，你来我这儿这么久，有没有想过回去，回自己的家？"

"我……自己的家……这辈子，心都在孩子身上啦，孩子在哪，哪就是家了。"

而今，灯塔虽不在了，但那束光依然会有传承的人，继续照亮着。我也相信，我和你，都可能成为那个接过点火棒的人。

周年祭

宝贝:

　　昨天是你姥姥离开一周年的日子，一年了，伤痛无时无刻不在伴随着我，尤其是最后一刻没陪在她身边，令我一直无法释怀。夜深时分，上了三炷香，对着照片叫了声："妈，还好吗？我想你和我爸了，特别特别想……你在我身边吗，一定在的对吗，今夜，我想我们梦里相见，你能让我如愿吗？"

　　许是太想，许是老天垂怜，午夜梦回我又回到一年前的那一刻，只是我不曾离开，眼见姥姥不好，我便不顾一切地抱住她，紧紧地抱着，她在我怀里安然地离去。我哭得撕心裂肺，肝肠寸断，哭醒了自己，哭醒了深夜，恍惚中想了很久，到底哪个是真，哪个是梦……

这一年，时常想，我们的存在对于你到底有什么意义，是普世所认为的付出、给予、责任、义务的繁衍生息，还是如鲁迅先生所说：是当你想到我们时，你的内心就会充满力量，会感受到温暖，从而拥有克服困难的勇气和能力，并因此而获得人生真正的乐趣和自由。

这些好像都不是，又好像都是。如果我问你，我们在你的世界里存在的理由，你可能会说，从小到大，听话为了我们，学习为了我们，将来努力工作还是为了我们……这一点上，我们两代人似乎选择了殊途同归，似乎前半场的风景只为了博这两个观众一声喝彩！后半场，没了他们竟然不知该怎样表演下去。

其实，我也知道没有什么是永恒的，经历的一切都会被流年淹没。正所谓：岁月无情，时光冷酷。但唯有遗憾的出现，最让人心痛不已。

转念又想，即便当日我在场，除了眼睁睁地看着这一场生离死别，又能如何？毕竟我们无论如何都无法报答父母给予生命的恩情。一切终有尽头，落幕时如果做不到无怨无悔，无愧便是最好的结局了……带着父母的基因来到这个世界走一遭，走得认真，走得卖力，没有浪费父母给予的生命，我想，这应该就是我们活着的所有意义。

旁敲侧击

亲爱的宝贝:

　　做完胃镜,刚刚醒来,听爸爸说你打来电话问我的情况,顿时感觉一股热浪冲上眼眶。我的小乖乖真是越来越暖心了,谁说青春期碰上更年期是火星撞地球,我想大声站出来高呼:"不!那是没有遇见最温暖、优秀的青春期。"讲真,你的青春期变化还是非常巨大的,而且一路上扬,无论是样貌、体重,还是学习、自律,完全是一场美丽的蜕变,是一场越来越美好的风采秀。你知道学习枯燥,依然能够忍耐着告诉自己"坚持,你行的";你知道肉香味美,依然能够果断离桌,多一口不吃;你知道流行追星,依然能够有选择地看看听听,不痴迷;你知道帅哥可人,依然能够客观冷静地处理春心萌动……所以宝贝,就冲这些，妈妈都可以断定你的人生将会非常出彩！一定会超越我的。

如果非要让我挑挑哪儿没有我说的那么完美……那就只有一点点，但这一点将来也许会伤你伤得很痛，妈妈还是希望你也能努力地去克制一下。你应该已经猜到是什么了吧？我就不讨人烦了。

妈妈

12/17

小爱情降临

宝贝：

准确地说应该是上周我回来偷偷地看了你的秘密本后，想起应该帮你记录一下，你的初恋日期是 2021 年 12 月 2 日。你本中的原话是"我都不知道上一段叫不叫爱情，但对你我确信……我发誓，我绝不会主动离开你……"天呐，这一刻，我只想说时间都去哪儿了，我的一个笔记本都没写完，而你就已经开始会爱上别人了。是我太懒了吗？我肯定属于比上不足，比下有余的那类母亲，怪只怪你长得太快，尤其是思想的成长，完全没有给我仔细欣赏的时间。而我又能怎样呢？只能一面静静观赏着你每天的小幸福，偷偷地在你去洗澡的空隙，瞄一眼进展的速度。在你快睡着的床边，编造一个早恋被骗的小故事，或是玩物丧志的小案例，或是你若光芒万丈，何愁天涯无帅哥的美好前景。

你知道你老爸咋说的吗？"你要控制进展，但也别横加干涉，不过分就当没看见，要注意分寸，别太刻意，但也不能不管……"我说："那你管吧，这个难度好高呀。"你老爸说："我肯定不行，但你一定行，你管！"没想到我俩背着你，还有这么多的小秘密吧。

关于你的这事，我还真认真想了想，春心萌动，它不是你的问题，这是生理发展到这个阶段自然而然产生的，是雌激素作用下的产物。咱俩这年龄，正好见证了两种不同的心态，你开始对一切异性感兴趣，我开始讨厌异性的一切，哈哈哈……人类真是个奇妙的动物，当然，动物界也许更奇妙，只是我们无从感知而已。

想到这儿，妈妈也就坦然了很多，毕竟回想起自己的青春期，也差不多这个年纪。只是那个年代，视早恋如猛虎，我也没有你那么大胆地会去用"爱情"这个词。所以我的学生时代，相比而言，更像一个一本正经的假象时代。况且我的家庭，也绝不会容许我有半点偏离。记得有一次，也是你姥姥偷看了我的日记（看，这也是遗传基因的一部分吧），发现我上面记了班上某某和某某，姥姥居然跑去告诉了老师，老师在全班公开……知道那一刻，我有多么不堪吗？到现在都会依稀记得部分场景，也是那一刻，我发誓，以后绝不这样对待我的孩子。所以，感谢你的姥姥吧，没有她这次预演，说不定我也会去学校的……不过，妈妈相信你骨子里还是个非常有原则和底线的孩子，什么事儿该做、能做，什么不该做、不能做，你是知道的。

你在日记中写道："我们都好好的，一起努力考上理想的大学……"这一刻，我也很期待，这才是青春最美的样子！

受伤并不可怕

宝贝:

今天是圣诞节，妈妈想送你一份特殊的圣诞礼物。不是鲜花，不是娃娃，不是衣服，更不是玩具，知道为什么吗？因为你已经是大孩子了，一只脚即将迈入世界的大门，应该说社会的大门更准确，妈妈想送你几个准则，供你以后在面对复杂的人际关系时，时刻谨记的准则。这将会对你未来产生深远的意义:

一、**不要在任何人面前失去自由。**尤其是爱情，太卑微的友情、爱情，擦掉眼泪，丢掉就好。你永远记住"这个世界上，没有任何人值得你卑微"。你卑微给谁看呢，能换来真爱吗？

二、**活着快乐才是最重要的事。**充实有趣地度过生命中的每一天，才是活着的意义。

三、**谨慎地信任别人**。我想，通过你之前的学校经历，以及身边路过的朋友，你应品尝了一次次别人对你信任的背叛，以及他们用你的信任去伤害你的细节。虽然你没说，但我心知肚明。所以说，宝贝，受伤并不可怕，你不受伤，怎会记住，不伤得厉害，怎会刻骨铭心？伤了这次不要紧，要紧的是不能一伤再伤……

新年快乐

妈妈：

祝妈妈新年快乐！新的一年，新的征程，咱们都要努力变得更好！转眼就 2022 年了，回忆 2020 年、2021 年，感觉也就发生在刚刚，怎么一下就过去了两年。这两年也是我变化飞快的两年，以前可从没觉得成绩好的喜悦有多么强烈，相信你和爸爸也没什么期待。不过我算是体会到了，付出总会有收获这句话。我感觉考试前两周是心态最不好的时候，都快疯了，心里抱怨为什么这么难，为什么感觉学不下去，不过好在自己每天都有足够的时间去搞定自己不会的知识点。最近因为课时安排，我的自习课就变多了，然后有不懂的或者没有的就去找 W 老师或者 M 老师。物理也一直让 L 老师给我模拟卷做，还有把提纲都背一遍，过一遍。背不下来就睡前，或者早上起床刷牙洗脸的时间默背。话说，考的时候还挺轻松的，因为自己都复习到位了。我的数学现在一直都处在 B 的水平，还是练得不够。不过等开学，我一定继续努力！真的体会到了努力还是很累的。过程真的很艰难。我现在养成了不懂就问的习惯（当然是要先自己思考后）。

来聊聊妈妈，这几年很累吧。当然你可能表面上觉得我啥都不在乎，其实不是的，尤其是最近几年，真的能感受到你的"累"。确实辛苦了妈妈，你对我的那种爱让我很自豪，你知道吗？当同学都在谈论她们的妈妈怎么怎么不好的时候，我总能窃喜我有个这么好的妈妈。在学校，我应该在同学面前谈起最多的就是你了。她们也觉得你这样好辛苦，而且她们觉得我们家好和谐，好快乐。记得有一天晚上，你把我爸以前的事都告诉我了，还有你的解决方法。听完确实不可思议，没想到你真的这么不容易。但还是希望能做点事来让你开心。我这一年已经努力没有在惹你生气了，不过还是得继续加油。

妈妈，你可以称得上是世界上最好的妈妈啦。

年度总结

宝贝：

今天，我的年度述职和你的年度家访在同一天不期而遇。述职报告改了几稿，终于在最后一刻捋清思路，说了想说的话，消散了几周憋在心底的情绪，两个半小时的酣畅淋漓，似乎讲完了 5 年的心路历程，其间能看到台下闪光的眼神，当然也能看到一脸的不爽，爱谁谁吧，你们爽了，我就太不爽了，趁年前最后几天，我先爽一把再说吧……

转回你的收官，真是让我惊喜了一把。今天收到了你被评为"杰出学生"的消息。这是你上学以来第一次收获这个称号，之前多是"纪律之星"之类，所以借此机会邀请老师来家里，搞了个年度表彰小仪式，让你记住辛苦付出后甜美的味道。我们无法规划你的人生，虽然很想……

但我们能做的，无非是诚心诚意地关注你，然后在你真正努力拼搏的过程中，稍微站高两三级台阶，给你一些引导，或提供点补给与资源，为你精心储存些今后遇到困难想放弃时的小火种，只要心里有光，有爱，哪怕一丁点，也足以让你再次绘成绚丽多彩的画卷……

2021 年，就这么翻篇了吧……

偶遇小男生

宝贝：

　　快过年了，一大早，路上车辆已经极其稀少了，这也是沿海城市的一大特色。一过年，整个城几乎变成空城，人们早早奔赴那个心里永远的牵绊。回家，不管有钱没钱，不管这一年在外混得如何，总之，到这个点，家，是必须要回的，这是一种延续至今的仪式……我和你爸今后的年，估计就是"盼你归"这一个主题了。都说："父母是孩子前半生唯一的观众，孩子是父母后半生唯一的观众。"所以，我们现在要开始努力适应这没有观众的出演，怎么才能不受影响，自娱自乐啦……

　　对了，晚饭后我和爸爸在路上偶遇你和一个小男生，我主动上前和你们打了招呼，那个男孩的脸顿时像要去打斗的小公鸡，一抹酱红瞬间上头，而你故作淡定地给我们彼此做了个介绍。这也是你人生的又一个第一次吧，记录一下留个念。

欢喜冤家（3）

妈妈

> 宝贝，你不用急着给我解释，你已经是大孩子了，有自己的社交也很正常，只是，妈妈不希望欺骗，这个你是知道的。其次，交往要有分寸，什么事能做，什么事不能做，做了有什么不堪的后果，你也略知一二……所以，我们相信你，也希望你不要愧对这份信任！仅此 OK。

丫丫

> 我们真的啥事没有，而且我也真和××去看电影了，你可以问问她，只不过吃饭我和那个男生一起吃，吃完饭他让我送一下他，然后啥事都没了。我自己知道，我也不会现在谈恋爱。

这个杀手不太冷静

宝贝：

今天彻彻底底休闲了一天，去三姨家吃完午饭，和你一起又去看了场电影《这个杀手不太冷静》。电影的总体基调是比较轻松的，夹杂了一点温情和正能量，但是又没有过多掩盖幽默，把一个小人物的喜怒哀乐演绎得淋漓尽致。影片最后看到花絮，演员魏翔眼含热泪、一个劲儿地向导演表示感谢。你说，他隐忍了23年，第一次成为男主角就走进春节档，并在2天内拿下4亿票房。采访中，魏翔说了32次"感谢"，其中几次甚至把所有帮过他的朋友的名字念了个遍，动情处红着眼眶感叹："……你看我这样，多幸运啊，多幸福啊！"原来如此，仅凭这，也应该支持一次！"成功只比未成功多坚持了一次。"说得多好……

晚上回家你又强烈推荐我看《实习生》。该片讲述了一位年近 70 的退休老头本，不甘于和大部分老年人一样开始平淡的退休生活，孤独与内心蠢蠢欲动的渴望让他做出了重回职场的决定，成了年轻的朱尔斯手下的一名小小员工。起初，朱尔斯并没有将年迈又落伍的本放在眼里，然而，随着时间的推移，这位慈祥的长者渐渐成为她生活中最真挚的友人。最喜欢美片中的主人公，美的动人，老的精致，他们能把温情渲染得那么舒服，像烛光香薰中的按摩师，拿捏得那么到位……嗯，的确要开始规划一下退休后的生活了，我想这可能也是你力荐我看的原因之一吧。让我好好想想，如何优雅老去——这个近在咫尺的小目标。

规划归途

宝贝：

　　今天妈妈陪爸爸去做肠胃镜了。这事，对于这个年龄的我们来说，不担心、不多想那是骗人的，这周他的情绪明显不太正常，你也感受到了，可他还硬犟着说："没有，我才没有不正常，是你俩太敏感。"

　　结果出来的那一刻，真是心头一松，暗自庆幸，又过了一关，脑海中闪过植物大战僵尸的场景，这一局险胜。宝贝真的长大了，已经有了想"上位"的模样，去考试的路上，不停地查岗。

　　这种一家人风雨同舟的感觉真的好温暖，但，这种温暖，我宁可一辈子也不要……

欢喜冤家（3）

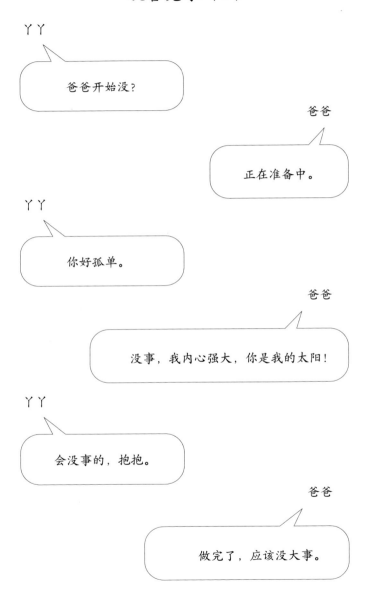

晚上，我和你爸爸第一次谈了万一中招的规划，你老爸说："以后如果有啥能治就治了，不能给你和姑娘添负担。"理是这么个理，但听的人终究还是唏嘘不已。转念想，其实，是他还是我，谁先兑现还真难说呢，早点交代自己喜欢的方式不也是老人家走后我俩一直计划没实施的事吗，也好，趁这次，大家说说也好。我呢，也和他想的差不多，但结局有所不同，我想在第一次大小便不能自理时，就去瑞士，完美的谢幕还赚个出国游，就算花点钱也比花在各种无尊严的等待中要强太多，这一直是我想要的最后的模样。真要有那么一天，我也会早早规划好一切，既然决定不了来时的路，总要努力决定回去的路吧，真能如此，此生甚好。

所以说，宝贝，你一定要记住，假如有一天，千万不要违背我的意愿，否则我会来找你算账的哦。

色 悦

宝贝：

进入 2022 年，感觉你一下子变得像个小大人一样，主动关心、照顾我们，孝顺这个词也越来越多出现在你的句子里了，今天妈妈想和你聊聊孝顺这个话题。

记得儿时，姥姥多病，每到冬季，便常常会因风寒发热，北方的冬天很冷，冷得一出门好像耳朵和手都不是你的一样。姥爷和姨姨们都要上班，放寒假在家的我便承担起了看护姥姥的责任，一辆加重的自行车后坐着姥姥，而我颤颤巍巍地推着车，用力地压着车头，生怕一不小心摔了，假如运气不好遇到雪后结冰的路段，那种心惊到现在偶尔还会出现在梦中……

还记得，第一个月上班的时候天天盼着发工资，早早就计划着第一次用自己赚来的钱给姥姥姥爷买什么礼物，精心计划后，给姥姥买了一条羊毛的裤料，给姥爷买了一台小收音机，给太姥姥寄了10元钱，给自己……发现广场上有个纸艺人可以剪出非常逼真的剪影，想不起原由了，便让他剪了个当天的我……就这么一晃过去了20多年，一晃我离开北方来到南方也已经十几个年头，这十几年，虽然不算一帆风顺，但一路都有姥姥姥爷相伴，他们在哪家在哪。这十几年，再没过过一个记忆中的年，没有鞭炮、没有白雪、没有酒令、没有团圆……但我从没觉得孤单过，因为姥姥姥爷在我身边，我有家，有爱，有温暖……

不记得从什么时候开始，姥姥突然间变得唠叨又多疑，一遍遍地问我，今天周几；一次次严肃地追问我，是不是拿了她钱包里的钱。天哪！姥姥怎么会这么想我，我这么多年为了让她骄傲、让她过得比同龄的老太太幸福，再苦再累我也没说过，怎么可能换来的是这个结果，那一刻，我觉得自己活得很失败，失败到我开始怀疑活着的意义……幸亏，当时一位医生朋友提醒了我，让我了解到老年痴呆原来可以多种表现！

一生把爱交给她，只为了一声爸妈，时间都去哪了，生儿养女一辈子，转眼就剩下满头白发……我曾经以为，这些年，我让他们吃到所有我认为的美味就已经很孝顺了；我曾经以为，这些年，我让他们穿得比所有同龄人得体我

243

就已经很孝顺了；我曾经以为，这些年，我没有让他们因为医疗费而发愁我就已经很孝顺了；我曾经以为，这些年，我做的一切都可以无愧于心地说我已经很孝顺了。直到有一天，读到一篇关于"色难"的文章顿时觉得无地自容……原来，孝敬父母最难的是"色难"，文章写道"有位老太太去儿子房间找报纸，正碰上儿子回来。儿子刚谈崩了一桩业务，心情不太好，见母亲在自己床上摸索，生硬地说：'妈，你没事在自己房间好好待着，别到处乱窜。'他的母亲解释说：'我在找个报纸，顺便在你们床上坐一会。'儿子脸色很臭，出门前扔下一句：'吃饱没事干。'当晚 12 点，老母亲便从 7 楼跳下了……"

孔子曾经对他的学生们说过，孝敬父母什么最难，是"色难"，就是不给父母脸色看最难。如果你流露出你的蔑视和不耐烦，这种孝心就是不到位的，因为这会让父母很不安心。有人认为，买房子、请保姆、吃大餐、去旅游就是孝顺父母。其实，物质上给父母的享用，这是低层面的"孝"；而高层面的"孝"，应该表现为对父母精神上的敬重和感情上的安慰。

"色难"难在何处？难在很难有一颗恭敬的心，难在没有一个谦和的态度。于是"色悦"成了衡量一个人孝心的道德标尺。就是说，经常对父母微笑，经常敬重地对待他们，关心他们的精神生活。每天真诚地看着父母的眼睛，跟父母交谈几分钟，不嫌弃，不抱怨，想发脾气时克制一下，始终和颜悦色地对待父母，他们就会生活得开开心心的。随时都给父母好脸色，这是举手之劳的事情，体现一个人的素养，可现实中不管什么情况下都能做到给父母一个好脸色，又实在不是一件容易的事。每天给父母一个"好脸色"，关键是心怀感恩之情，多想想长辈们的付出和哺育之恩。真心爱父母，应该和颜悦色，从内心深处发出微笑，让他们感到快乐、幸福。

宝贝，我们一起努力吧，希望未来你也能像我一样，发出这样的感叹：真庆幸，父母还在；真庆幸，领悟及时；真庆幸，我还未老；真庆幸，阳光正好！

姥爷周年

宝贝：

　　今天是姥爷走了一周年的日子。昨晚梦了一夜的姥姥姥爷，梦里的我依然会追问姥姥："妈，我是谁？你，你是我的宝贝，你是谁……"姥爷是后面出场的，记不太清内容了，只是他俩都和我梦中相见了。早上你老爸说，他也梦了一夜，看来他们是知道我们这次又回不去了，所以特地来看我们。这一年，原以为他们会离我远去，没想到他们居然搬进了我的心里，无时无刻，每一个场景、每一个空隙他们都会一闪而入，如影随形。这真是血脉的牵绊，哪有时间空间的阻隔，这一年，我们换房、卖房、转学、搬家了……关于我们的所有，一件件、一桩桩，没有他们不知道的，这一刻也终于知道啥叫血脉相连，心灵相通了……

想来，人到了一定年龄，其实每天面对的就是一个不断丧失的过程。先是你的牙齿、头发、嗅觉、听力；再是你的记忆力、免疫力、判断力、修复力……再接着对你人生很宝贵的东西会一个接一个、像梳子豁了齿一样从手中滑落。体能、希望、美梦、理想、信念和意义，或是所爱的人。

人生中，总有一些时光是属于寒冬时节，风雪交加的凛冽，最终也只能是自己默默承受，这是大自然的定律，怨不得别人，也只能坦然地去面对。

若干年我们不在的以后，你也一定能够感受到我说的这一切。所以说，宝贝，其他都不重要，最重要的是你知道我们会一直陪在你身边，一直，一直……这就好了。

03/29

狗子启用

狗子：

你的新名字，喜欢不？不知为什么，最近喜欢叫你这个。你也不抗拒，答应得挺痛快，那就叫狗子吧。呵呵，以后不知道你会不会记起这个标签，记起这个标签下温馨的小日子……

从寒假到现在，你要么去特训后回家，要么在家上网课，总之，就是可以有更多的时间和我们在一起。可这段时间，我们居然和谐的不能再和谐，特训时你会中餐和晚餐与我一起在办公室开小灶，用你的话说，叫"收留你"。在家，你会把时间安排得满满的，健身、上课、娱乐、减肥，啥啥都没耽误不说，反而快乐了不少，每天开开心心，每次见到我总会打闹。话说咱俩这打闹的方式，还真是有点特别，但是真的很欢乐，特别开心地大笑、大叫，用尽全力地抵抗。你知道吗，有时妈妈一天很累，而且好像一天没怎么笑过，更没怎么大笑过，嗯，不是没，而是根本不可能这么放肆地大笑。但是你给了我这样一种方式，使劲地欢笑，这非常非常难得。要不是这种方式不太适合宣传，我想我一定会大力推广。

真希望日子能够停留在这一刻，慢一点，再慢一点，让这温暖的时光，能陪伴我们多一点，因为它是我往后余生里最最美好的时光：我们不老，你也刚好，无病无忧，这应该是我这 50 年最好的一段生活状态，安静而丰盛，温暖而踏实，日子有闲趣，岁月不荒凉。有些快乐，就是你对自己的笃定。

手制相册

宝贝：

　　如果真的有时光机，我想定格在这一天，傍晚床上的大盲盒把我一把拉进了幸福的乐园，你用心制作的相册记录了你一点一滴的成长和一次次的蜕变，用情的文字揉碎了人间万般的艰辛，嚼出了丝丝清甜。

丫丫的信

随着时间的慢慢流逝，我就 15 岁了！

虽然 15 岁了，但我自己都不太敢相信，小时候还老想象 15 岁啥样，现在发现也就那样，当然比以前要成熟点是肯定的。我想了好久，觉得生日最该感谢的还是你们。没有你们，我也不可能到这世上，活得这么自在，对吧……真的很幸福，能待在一个这么好的家庭。有时听同学描述家里的"惨样"，我还会暗自窃喜有这么好的爸妈。真的真的，我很爱这个家，它带给我太多了，也教会我太多了。所以时刻都提醒自己要好好学，将来一定要让你们幸福啊！

虽然有好多信都说了很多遍，但自从看了飞机坠毁的新闻后，觉得一定要珍惜所有时间，陪在爱的人身边。因为你永远不知道明天和意外哪个先来。

想了好久的礼物来表达我的心意，希望喜欢。

"上辈子积太多德了"，让我们彼此遇见，这句话应该是我想说才对，谁会相信这是一个青春期和更年期的相互表白，所以这更加印证了一个定理：任何关系都是要用心去经营的，家，更需要用双倍的心，旁人翻了也就翻了，散了也就散了，可家人是一辈子要相互牵绊在一起的，不对，应该不止一辈子吧，想来，应该只要还有记忆，就是会永远、永远活在一起的……

这一路山高水长，这一年春光乍现，

走着走着花就开了，

走着走着心就静了，

走着走着小狗子就大了。

唯有这人间最美四月天，唯有那有趣灵魂的遇见，还有这一年一度的生日祝愿，一如既往，年年不变……

生日周

宝贝:

你今年的生日周终于要落下帷幕了,为了讨你的欢心,我们策划了好几个版本,从5号的家人欢乐聚开场到文华的下午茶,再到季高的欢乐蹦、经典的长寿面……每一个节目都是认认真真地自编自导,只为一博公主笑。

满满的仪式感过后,不禁反思,是否有点过了,毕竟以后的太多个生日我们会缺席了,到那时,你会不会失落?会不会因为反差太大而不开心?你的他会千般万般地讨好你,给你各种惊喜吗?也许会,也许偶尔会,但大概率不会像我这样一如既往地会。

不是有这句吗?孩子的一生没有拴住过任何人,唯独拴住了生她的妈妈……记得姥姥脑子还清楚的时候也常说的一句话："我这辈子就是为我这几个孩子活着的。"细想这 15 年还真是"快乐着你的快乐，幸福着你的幸福"也许这就是是人类繁衍生息、乐此不疲的原动力吧。也罢，既然每个母亲大抵都会如此，我也就心安理得了，再说了，人的一生都是定数，你以后的日子过得如何，也是你的命，而现在的我们，之所以选择现在的剧本，定是有让我觉得值得的地方。其实，也许若干年后，你已经回想不起这一连串的故事，但只要能记得你的童年是多么多么幸福，记得爸爸妈妈是多么多么爱你……仅此足矣。

母亲节快乐

妈妈：

　　首先祝妈妈母亲节快乐，虽然今年的母亲节出了一点插曲，但都不影响你过节的心情。自从姥姥姥爷走后，你就变得特别敏感，对待感情，对待生活……每次想说点什么来安慰你，但总觉得还是陪在身边吧，这对你来说应该是最大的安慰。我不是你，但你了解我，你知道我在想什么，想说什么，所以我知道这种事别人都帮不上忙，只能妈妈自己去释放，珍惜有限时间陪在爱的人身边才是重要的。今天看了你写的信，心里总有种说不出的感觉。前天爸爸给你打电话问你怎么样了，我就开始紧张，问你怎么样的，结果出了吗？我在饭桌上就开始乱想，就你这天天难受的劲，我真怕你出什么事，万一得了什么病瞒着我们……说实话，妈妈你真的好坚强，我都在想你每次去医院，医生用冰冷的仪器检查你的身体，你不会害怕吗?现在真的怕你有天万一走了,我该怎么办(不是咒,我是因为上次看到你头疼吐成那样才害怕)。有几天晚上一直都在想这个问题,总怕你有事瞒着我们。但是,希望妈妈一定要健健康康的,累了就停,想发泄就哭,不要忍着。你身上好多病应该就因为老忍着。母亲节实在不知道送你什么好了,先写一封信,生日给你好好过!

学校这几天都挺好的,同学和谐,老师也负责。等我12-14日考完试了,我就要开始搞雅思了。最近我感觉我状态还不错,但是比之前还差那么一点,总之自己慢慢调整就行了,你不用担心我,妈妈你要多照顾一下自己,不舒服就及时去医院,不要自己扛着,会很累的!我很庆幸有位这样cool的妈妈,又追逐潮流,又时刻想着我,而且还能变着法地给我做早餐。妈妈真的谢谢你,让我的生活一直快快乐乐,不受伤害,丰富多彩。其实你就是我最好的榜样。你上次问我什么事能让我开心?我来告诉你:1.吃到好吃的东西;2.爸爸妈妈和我都和谐相处,我也不烦躁;3.考试成绩,平时作业提高了不少;4.瘦了;5.和同学出去玩;6.做自己喜欢的事;7.听歌;8.看手机。

OK,最后还是祝我美丽的妈妈母亲节快乐,也祝我们能一直和平相处,越来越好,你要学会分担自己,不要有事就憋着哦。

妈妈生日快乐

亲爱的妈妈：

　　Hi！今天是你的生日耶，那就祝妈妈生日快乐，越来越漂亮，愿往后的日子不仅有花香鸟语，还有诗和远方。今年生日，我没有像往常一样送点小礼物，今年送点不一样的东西。咱们送成绩！首先，是物理。我的物理在 G1 班（新生班）考了第二！96/100 分，也就是 A*。当然还有我的雅思，6 分（听力）5.5 分（口语），老师说我肯定不止 5 分的水平，至少是 5.5 分，所以给你打电话的时候我很开心。还有我的经济，82 分，虽然没有特别高，但已经是来到新学校考得最好的一次了。化学是 91 分，也是 A*，和上次期末一样，没有变。写作和阅读的分老师说还没改完，数学也是还没考，所以先说这么多科略。

这次的礼物不是很有创意，请谅解，考之前就想着要不考个好成绩送给妈妈，也算是我网课质量的一个小总结吧！我也在慢慢进步，接下来就要开始冲一下雅思了。总之，今天是妈妈的生日，就送妈妈一个FT"最高"的成绩，仅对于我来说。慢慢来吧，我们都在努力奔跑！

爱你！

情书

宝贝:

　　想不想知道我们这一代人的情书是啥样的,也许有一天,你不再相信爱情的时候看到这儿还能帮你找回来点儿美好,认真看看吧,但是不准笑话我:

　　老公, 今天是你的生日, 已经记不清这到底是陪你过的第多少个生日了, 从时间的跨度算应该是 1995—2022 年。但1995 年的生日是不是在一起有些模糊, 无论怎样 1996 年是确信的, 记得第一次给你过生日的时候你说: 你从没过过生日……我除了惊讶更多的就是心痛, 心想, 这么好的男人怎么就没人当宝呢? 也就是那一痛, 真真实实地意识到"糟了,我对他动心了", 那时想, 以后每年我都给你过生日, 没想到这一过就过了 27 个……每一次都精心策划过, 都以为此生一定不会忘记，可今天我问你的时候，你说：记得最深刻的有两次，第一次和 60 岁那次……好吧，这要是搁着从前，我定会生气，但现在，实话实说连我自己都记不得几次了。

老公，你觉不觉得，生命就是这么漫不经心地从我们眼皮下大摇大摆放肆地走过，从不会介意你的任何喜怒哀乐，你过你的，它走它的，你高兴也好，不高兴也罢，它才不会顾及一丁点你的感受，哪怕停下一秒钟看你一眼都不会。所以，更多的日常，终究是要自己取悦自己，说到这点，这些年你还是努力在践行：戒烟、健身、律己、宽人……即便偶尔抽抽小风，用你的话说："我也是人，不可能永远阳光灿烂。"细想，也对，最好的阳光不也是在狂风暴雨之后吗，只要不是破坏性的台风，偶尔抽一下就只当是调节空气啦。

所以说，余生，我们是什么样的，我们的老年生活就是什么样的。与其为体能的退化而纠结，不如调整自己，老有老的活法，老有老的滋味。如果忘记了，看看丫头给你的祝福和期许吧。日子还长，我们一起慢慢来过！

致我的爸爸

　　亲爱的爸爸，生日快乐！原谅我的礼物太过简单，但都是我真心诚意的祝福和平常难以说出口的话。

　　又是一年，又是一岁。可能所谓的生日你和妈妈已经不愿再过得太隆重，太费尽心思。因为这样只会让自己觉得越来越无法接受时间带给人的种种变化。而我认为，在这个阶段，年龄真的不再重要，只是起到一个"摆设"的作用。最重要的，还是有一身看似完好帅气的皮囊和成熟且有着未来规划的头脑和思想。人老并不可怕，可怕的是不会去适应这种变化，眼睁睁看着岁月流逝带给自己无限的折磨。爸爸，你已经很了不起了，而且生活状态和方式都已经超过了大半部分同龄人，妈妈的精心呵护和各种养生渠道足够让你在下一阶段看起来体面绅士。而我也会努力去达到自己的梦想，让你们更加省心。但是爸爸，如果我们不想被社会落下，就必须要努力获取一些新鲜知识，完善自己的思想高度，开拓更广的视野。这样每次和我妈吵架时，你就更容易想明白了。上次你和我们吵架，我也想明白了很多东西。我当时既属于旁观者，又属于参与者。妈妈说我和稀泥，但这就是我的目的，互相平衡也许就会消一大半的气。但是我错了，这玩意也需要技巧。两边不论怎么调和，还是需要一把真正的"刀"去把心结解开，我始终认为用信沟通是最好的方式，哈哈哈，前提是要知道生气的原因以及错在哪儿。

亲爱的爸爸，谢谢你，让我感受到了一次次的暖心与默默的爱。可能有时我自身的情绪会带给你和妈妈，但千万不要放在心里，大多数时候我俩还是相处得很融洽的，对吧？也许每次妈妈过节，我给她准备的小惊喜都会让你有些醋意。哎呀，不要难过，女人最懂女人。而咱爷俩就直接一点，虽然没有什么创意，但是都装着我浓浓的爱（别吃醋！！！我很公平的）。有很多东西我不会跟你直接说，因为和你一样，不善言辞。自从上次看到你给我妈写的信，才发现爸爸在这方面还挺有两下子的嘛，内心世界也还是很细致的。

爸爸，我陪在你的身边也没有几年了，后半生我妈才是你最重要的依靠，所以你们一定要好好的，少惹对方生气，珍惜最美好的当下，我妈很没安全感，所以爸爸，她也很需要你的保护，很需要你给她确切无声的爱。你们都是彼此未来坚强的后盾，而我是前方渐渐升起的太阳……

最后，祝亲爱的帅气老爸生日快乐，我们都要越来越好。

丫丫

第一名

亲爱的宝贝：

从你上学期开始算起吧，第一次考了全班第一名，应该说对于爸爸妈妈而言，这既是预料之中，也是无限惊喜。说预料之中，是你平时的点点滴滴，认真努力又自律的日常，每一周老师的评价，每一次学校的反馈，用功和不用功，用心和不用心，就摆在那里，骗不了人的。说惊喜，这还真是，我前几天还问过你，你说"估计前五吧"。其实，当时我还是多少有点遗憾的，因为总觉得你比班上其他人早上了半学期，加上你老师的吹嘘，我想怎么也应该是前三才对。但当你说同学都比你大的时候，我也就释然了。然后，今天中午剧情逆转的时候，真的有点不敢相信……心花怒放，突然想到一个场景，当年妈妈也是初二下学期开始逆袭，高中开始全班第一，一路开挂……哇哈哈，被崇拜的感觉还是很好的，当年我们班班草就因为这，屁颠屁颠地跟在我后面各种献媚。

所以，妈妈想说："谢谢你，我的宝贝，因为你的参与，让我们的生命更加丰富多彩。因为你的努力，让我们一起见证了一个又一个可能。加油吧，小姑娘，胜利在向你挥手了，看见了吗？"

什么是青春？听过的最让人心动的一句话莫过于，青春就是 everything is possible（一切皆有可能）。

"一切皆有可能"，哪怕是个普普通通的孩子，她也可以成为内心富足、自信乐观、温润如玉的人。

"一切皆有可能"，哪怕是个暂时落后的孩子，她也可能后来者居上，爆发出弯道超越的潜能。

而我们能做的最重要的事，就是允许孩子按照她喜欢的方式，去试错和成长。其实，这世上99% 的人，最终都会走向平凡，这当然也包括我们自己。

姐妹们，如果咱们都是资质平平，就别把成为王母娘娘的大梦寄托在孩子的身上。要想让自己的中年活得稍微舒服一点，想让亲子关系处得稍微愉快一点，大家不妨试试做好以下 3 点：

第一，承认并接纳孩子的普通。无论你内心多么喜欢你的掌上明珠，还是要睁大一双能够分辨的眼睛，必须承认，咱家娃不是仙女下凡也不是金刚转世，只是普通的不能再普通的孩子。

第二，用尽你认知的最大高度去向上托举，让她看一眼人墙外的天。一个好的家庭，不在于有多殷实富有，而是每一辈都能竭尽所能地托举下一代。让陪伴、鼓励、尊重、理解和自由成为孩子的垫脚石。尽可能地给孩子垫得高一点，让孩子用自己的眼睛去看什么叫山外有山、人外有人，用自己的脚步去丈量属于她自己的人生旅程。

第三，静待花开。这个词虽然有点被滥用，但除此以外，还能有什么可以平替的吗？

她不想学，你天天守着看着就能考高分了？

她不想听，你天天唠唠叨叨就能牢记在心了？

只要她不想，哄你的花样可以千变万化，层出不穷。

气有什么用，你没消气呢，人家先抑郁了。

所以说，姐妹们别着急，放轻松。不是咱的孩子天生笨拙，也不代表她就不努力。而是她有自己的时区和节奏，让她遵循着自己的生长规律，我们就做勤劳的饲养员，常投其所好、常溜须拍马、常陪吃陪玩，还有非常重要的一项，就是常给点小恩小惠小红包……假以时日，定会母贤子孝、家泰心安。

断舍离

宝贝：

因为你学校又搬地方了，所以我们又要搬家了。仔细数了数这一路大大小小已经搬了有小 10 次，这个数，比起能折腾的主肯定不算多，但和身边的大多数家庭相比，应该已经名列前茅了吧。搬家这事，粗看就只是个物理空间的移动，细琢磨，它的意义好像远大于此。

首先，要起了搬的"动意"，这是个发动机，搬家的目的是什么？小换大、远换近、换地段，还是换城市？当然，也有大换小……总之无论哪种原因，总是要有个因的。

其次，搬哪？这是方向，而这个方向应该是能承接上面的因，让你有足够的动力和欲望去说服自己想懒得折腾的心。

接下来，怎么搬家？这事还真挺有意思，原封不动一件不落打包带走叫搬，挑挑拣拣选择性带走也叫搬，一个背包随身寥寥也叫搬……记得之前看过一段很伤感的文字，是一个老人去养老院之前写的一封信，其中写道：

"我曾对红木感兴趣，桌子、椅子、柜子，全套的红木家具；我喜欢收藏，邮票集了一大堆；紫砂壶也集了百十来把；还有许多珍藏的小件物品，什么翠、和田玉核桃，黄金、白银等小把件、挂件，还有两条小黄鱼；特别是书，整个一面墙的书柜，装得满满的；好酒，什么茅台、五粮液、洋酒，也存了几十瓶；还有全套的家用电器；做饭的各种器具：锅碗瓢盆，柴米油盐，再把个厨房也塞得满满的；还有积攒的几十本相册……养老院只有一间屋子、一个柜子、一张桌子、一张床、一个沙发、一个冰箱、一个洗衣机、一台电视机、一个电磁炉、一个微波炉，根本没有存放我这些平生积攒的财富的地方。

"在这一瞬间，我忽然觉得，我的这些所谓财富都是多余的，它们并不属于我！

"我只不过是看一看、玩一玩、用一用，它们实际上只属于这个世界轮番降临的生命，看都只是看客……"

多么心酸而又真实的写照，难道不应该引起一路奋力狂奔、一路欲壑难填的心停下来看一眼吗？这还只是物件，还有那么多曾经围在你身边的各种披着貌似"真诚"这件高级外套的亲朋好友，有的是杯盖间的兄弟，有的是繁花间的玩伴，有的是依附丛中的亲戚，有的是假面舞会中的老友……

所以经常搬搬家才真是上演"断舍离"的最好档期，每隔三五年，彻彻底底清理一次，无论曾经多么的喜欢，不适合就果断送人，用处不大就别强留，别以为去年、今年不用，明年也许会用……大概率，等不到明年你就早已把它忘得一干二净，搬一次彻彻底底清理一次。身外之物如此，心的空间更应如此。本来左右心房加一块也就只有巴掌大，哪能容下那么多人，真心实意地留几个得了，大多数凑热闹充数的删了也罢……啥是你的，正如老先生写的，面对着如山的服装只拣了几件能穿的，厨房用品只留了一套能用的，书留了几本还值得看的，紫砂壶挑了一把喝茶的，再带上身份证、老年证、医疗卡、户口本，当然还有银行卡，足够了！这就是我的全部家当！走了，把这个家还给这个世界。

所以说，宝贝，人生只能睡一张床，住一间房，再多的都是看着玩的！这种体会，不活到一定的时段应该是想不明，放不下，更舍不得的，这也许就叫岁月的沉淀吧。

2022

09/28

开学第 29 天

Hi 爸妈:

好久没给你们写信了。今天是我开学的第 29 天，一切顺利，就是有点小累。突然的搬家确实让我有些不适应，似乎又在提醒我是新的开始。高二来得是那么的飞快，进入新的班级，认识新的朋友，学习新的学科，我发现好像也没有那么难以接受。我开始像你们说的那样不在意周围是谁，有谁，和谁，而是把心思都放在学习上。这却让我交到了更多朋友。我开始主动去认识不同的人，他们都让我觉得我不是一个人在"战斗"，何况还有你们。因为学习在变好的道路上，我也成了别人眼中学习好的那个、被拉去一起讨论题的那个、一起对答案的那个。这是我初二妄想过的种种瞬间，这一切让我自信，让我开心，让我更有动力。

　　高二的物理的确让我有些害怕，新的老师、新的内容，刚开始每天做的就是真题（过往国际考题），我又开始怀疑自己，怀疑老师。我认为我需要去找到一个更好的办法，让我能快速适应新老师，过程还是漫长的。现在到了新学校确实要比之前累很多，但我相信这都是上天的安排，也许这也是个好答案吧～这段时间也辛苦爸妈了，为了我找地方搬家，我也得让你们感受到爱意。最近我有不少的收获，也希望你们少操心。

爱你们哟～

小院随想

宝贝：

　　折腾了快一个月，我们终于搬进了心心念念的小院。忙不迭地一阵捯饬，种了菜，养了鱼，买了盆栽，插了向阳花，新鲜感过后，终于有一刻能安安静静坐下来，煮一壶老茶，细品品这梦想成真的日子。

　　什么叫相爱容易相守难，这话用到这，真是再恰如其分不可了。你只要一落座，海、陆、空三军便开启联合公演，但凡敢有一星半点性感地露肉，它们是断然不会放过任何一个和你亲密接触的机会的，叮胳膊叮腿还能忍受，最可恨的是，叮你小脚趾缝，那种不能公开大挠但又忍无可忍、无可言语的滋味真会让你欲仙欲死，死都不能死得痛痛快快。实在不堪忍受，买来各种强力灭虫的药，一顿还击，敌人倒是消停了，可自己也好像也中毒了，这可真是伤敌一千自损八百……突然想有没有人把蚊子和小人联想至一起的，这两个看似完全不搭的物种，本质里竟然隐藏着那么多相同的基因：都喜欢躲在阴暗潮湿、见不得光的角落里偷窥你，趁你不备叮你一口，虽无大碍，但也总是要让你出点血。如果你稍不注意放松警惕，被它叮到脸上，搞不好要让你难看许久，更有甚万一遇上个毒蚊子，如果毒液不及时挤出，说不定还会引起感染，所以，为了免受袭击，我迅速检视了自己的着装，规规矩矩地穿，能不露的绝对不露，快速买了各种防蚊神器，又在网上查了无数防蚊知识。意想不到的收获是断了自己多年来手机不离手的习惯，手机怎么就不能不离手了呢，"无比滴"才是万万不能离手的。

之前不太理解前人所讲，要感谢你生命中的"小人"，岂知一场人蚊大战马上令我顿悟，不正因为有他们，才会让自己百倍的小心和自律、谨慎应对、高度警惕，才会躲过无数的偷袭，才会强化能力，助长智慧，才不会因为放纵中了敌人的计谋和圈套……

所以说，宝贝，在你有限的生命里出现过的那些"小人"才是你成长的关键，不要抱怨他们，正是因为他们，才让你知道隐入尘世角落里的太多东西，才让你提高认知，那就是，在所有的关系里都应该轮流互相妥协，彼此迁就，双向付出，理解与共情。"在所谓的人世间摸爬滚打，唯一不变的真理就只有这一句话：存在的就是合理的。"活好，才应该是成功最权威的定义。

水培植物

宝贝：

　　妈妈在很多年之前，是无论如何也没有想过，会在2022年的某一天发现，自己居然活成了一颗水培植物。无土无根，随手掐一条枝，只要勤换水有点阳光，偶尔想起来滴几滴营养液，就可以活下来，慢慢生根，慢慢抽条，长到某个分叉的枝丫处一个不小心还能发出个小叶芽，喜悦吗？这种无所牵绊的活法，回回头，都不知道要张望些什么？望乡，何以为乡，出生地没了爸妈，已然不能算是乡了，分段的成长地应该更不算是乡。我的乡，只有在茶余间有人问起，会随口一说，好像只为了证明一下自己不是从石缝中蹦出的而已，其他，似乎毫无意义，直到某天听了一段有关故乡的对话。

"故乡是一个你想尽办法逃离之后，却拼命想回来的地方；是一个下车后第一件事就是向家门口不远的牛肉面馆，大汗淋漓地吃完一抹嘴，心满意足的地方；是一个年轻时在外打拼的游子，当变成垂暮的老人后想在生他养他之处，结束一生的劳累的地方，这个地方就叫作故乡。"

如此说来，我这半生的挣扎，还是没有逃出这个 18 年前义无反顾离开的地方，18 年，好长呀，可细数也不过 6480 天，让我想想我在这 6000 多天里都干了些什么？生了个可爱的你、送走了爸妈、换了两个城市搬了几次家，换了几辆车，平了几次仓，住了几回院，做了个小手术，上了个大舞台，发表了几篇随笔，琢磨出一个喜好，生了几条皱纹，松了几颗大牙……

我是个喜欢一直向前的女人。英雄不问出处，做自己认定的事，不犹豫，不动摇，自己的日子在自己手里，从没指望别人会给我答案。时间是我生命中唯一的裁判，所有的输赢对错都只有它能给出评判。

有人问我："一个人从北到南，独自闯过的这 6000 多天难吗，后悔吗？"难，那还真是有点难，尤其是刚来的头两年，要啥没啥，活脱脱把自己活成了一个"三无女青年"，住的是单位宿舍，卡里只有丁点的余额，阑珊的灯光里没有一盏和我相干，但从未后悔，不光这南来北往的迁移未曾后悔，记忆中这过半的人生字典了好像也自动屏蔽了后悔二字。后悔个啥呀，哪一步也没人逼过我，哪条路不是自觉自愿……

所以说，宝贝，时间真是个魔法棒，可以让人看清一切，又可以看淡一切，慢慢你就能体会到它的法力了。

感恩节祝福

亲爱的爸爸妈妈：

原谅迟到的感恩节祝福。哎呀，我现在也不是习惯说肉麻的话的那种人，但是我打心底真的很开心能生在一个这么有爱的家庭。

这几天的住校并没有我想象的那么难，也是一种不同的体验吧。有时候我自己也在想，是不是太依赖家了，太依赖你们了，所以我才想"考验"一下自己，住满一周再回去。也许你们会说没有考虑你们的感受，对不起……但是有些东西真的迟早都要面对的，所以还不如提前准备，虽然说吧，我有好几个晚上都梦到了你们……

说实话，你们是我迄今为止遇见过最好的家长。为什么这么说？我时常看到同学抱怨自己的父母，有的和妈吵架，有的与爸爸不和，每次听完心里都有一个声音，幸好我爸妈都不是这样的。

我爸，虽然什么都不说，但总用行动告诉我他在乎自己的孩子，爱自己的孩子。我妈，敢爱敢恨，做事果断，但背后也是可爱女人，她也会在乎你到底有没有爱她，考虑她……我妈为我可以不惜一切，可能我平常不咋说，但心里真的很感动。最近妈妈身体越来越差，我和爸爸真的很担心，好几次看你难受我都忍不住想哭。我和爸爸是非常支持你换一个相对舒适的工作的。

我知道，爱需要表达。爸爸，你千万别觉得我不爱你……我在改，尽量每天多和你在饭桌说说话，多陪陪你。妈妈，你也是，我尽量多陪你"打架"。总的来说，你们永远都是世界上最好的爸爸妈妈。我在学校这几天挺好的，不用担心。

感恩节快乐！谢谢你们，我很幸福。

感恩是个动词

宝贝：

　　妈妈今天就来跟你聊聊"感恩"这个话题，不知道你们老师在课堂上有没有讲过，感恩是种能力。妈妈第一次听到"感恩是种能力，是要训练的"这句话是在 EMBA 讲堂上，当时有点迷惑，怎么是要训练的，这不是家教的一部分吗？"滴水之恩，涌泉相报"这是姥姥常放在嘴边的一句话，妈妈从小听着长大的。

　　差不多 10 岁开始，我就成了家里报恩的信使，逢年过节，只要姥姥一念叨这句话，我就知道，我的差使又来了，"你王叔在咱家最困难的时候送过粮票""我吐着血你李叔到家塞了个存折就走，你姐姐的衣服都是你黛红姨用她的衣服改小了送过来的"……年年不忘，节节不落，一送就是几十年，这些叔叔阿姨不知道啥感想，倒是我打小落下病根了，每每临近年节，就开始夜不能寐地想，还有谁帮过我的没送到，生怕漏了哪个，少了哪个。好在现在快递方便，再也不用走街串巷地去跑，就这有天经常上咱家收快递的小哥终于忍不住问了句"你家怎么会有那么多快递要寄呀？"

本以为，这事就和吃饭穿衣一样的日常，是一个人与生俱来不可磨灭的良知，怎么还要训练，怎么还要拿到大学讲堂上去正儿八经地说。可经历多了，见多了后才发觉，这话吧，虽是老话，可真正能做到的真没几个，"感恩"这个词倒是经常被利用，但大多时候都只是出现在微信里，慢慢地变成了挂羊头卖狗肉的一个名词，更有甚者再加一句"这些年我心里是一直深深地感恩着"，这时候，它好像又瞬间变成了形容词。只是，它本不应该是个动词吗？这也就难怪念经的和尚不少，得道的高僧寥寥了吧。想来世间哪种关系的本质，不都是要配合动作的吗？"互动"一词说得多好，哪有一厢情愿的奔赴，哪有一切尽在不言中的默契，朋友圈晒的不应该是母亲节的"妈妈，我爱你"，而应该是带你妈吃点好的，买点贵的；晒的不应该是加班的灯光，而应该是你的工作成绩；晒的也不应该是 520 的合照，而应该是你家的床单谁洗，三餐谁做。一切没有行动的感恩，都是耍流氓！

你觉得我说得特别精辟吧？所以，以后再想感恩你妈的时候，先回家来帮妈干点活吧，这才是最有效的表达。

2022 年总结

亲爱的爸爸、狗子：

2022 年就这么愉快地离我们远去了，这短短的 365 天，我们搬了家，租了个向往多年的、有天有地的小院；我们换了车，实现了油电跨时代的转换；我们收了房，实现了面朝珠江、阳光满屋的梦想……

如果说上面这些的实现，只是物欲的满足和提升，不足以称道。那么下面几个小愿望的达成，值得我们铭记：

首先是，我们的小狗子，翻越了一座座小山丘，隐约中已经看到了雄峰的金顶，这是多少家庭梦寐以求的孩子模样。其次是，我和爸爸的相处模式也上升了一个层次，有了那种灵魂想通的意境，这一点主要归功于爸爸的变化。我能时刻感受到我对他的影响，思想的影响、思维方式的影响，甚至在某些方面，他已经超越了我，比如底线，比如原则，比如急流勇退……前一段，觉得这一年过得很丧，活得很憋屈。现在回望，这应该在病后呻吟吧，人到中年，还有什么比琴瑟和鸣、母贤子孝更美好的呢？这一年，我们有更多的时间，安安心心地待在家里，欢欢喜喜地打打闹闹，心手相牵地围楼转圈。

一早看到一段文字，一下触摸到我的内心："什么是真正的价值？那是健康和生命，而不是流量、面子和名气。我们需要回归真实的自我，需要相濡以沫，还更需要相互拉黑，避免在无意义的人或事物上浪费宝贵的生命，损害生理和心理的健康。"

说得真好，是不是？这些年，一路狂奔，我以为我努力的结果一定是那些看得见、摸得着的，可当意外发生的时候，你才会发现，那些曾经觉得特别重要的人和事，瞬间就化为空气了。啥重要？你好好活着，才最重要，其他都是配饰。当你足够强大的时候，用不用配饰，也就无所谓了。

所以说，2023 年的主题是：努力践行，卸下盔甲，学会放手。既然我们无法控制生命的长度，那就学着拓展生命的宽度吧。

03/20

梦中告别

宝贝:

　　我昨晚又梦见姥爷来和我告别, 真真切切地摸着我的脸, 我贴着他想去亲吻, 那彻骨的冰冷让我感知到他快要走了……撕心裂肺的痛把我拉扯回现实, 对于姥姥姥爷的不辞而别, 我是怎样的不甘呀, 最后, 都没有一句话, 没有一刻的清醒 …… 不是说有回光返照吗? 怎么轮到我家, 什么都没有, 哪怕一个眼神或是点点头, 动动嘴也好, 无论怎样都比这决绝的离开要让我好受些, 至少, 不留遗憾, 不会多少回梦里去弥补这最后的缺憾。

　　不熟悉我的人, 都以为我是个外向型的主, 一分钟可以拉近距离, 可内心的慢只有我自己最清楚, 来得慢, 去得更慢, 别人一两个月就过去了, 而我, 却像核泄漏一样一点点的释放。可时间久了放出来终究不多，沉积下来的就变成了其他，比如肌瘤……所以，当拿到检查报告时医生问我，这大半年压力很大或是情绪很差吗，怎么肌瘤突然长这么快？我一时语塞，戏说：可能之前压抑得太久，突然放松一下就释放出来了，直到半夜哭醒，才恍然找到了速长的源头，这是我内里最深切的告白和那些无人诉说的忧伤在一天天地长大，是血浓于水的精华酿成的一颗"异形珠"深深地内嵌在我的脏腹之中，无限地牵绊着我的一举一动。

所以说，宝贝，其实任何关系走到最后，也不过就是相识一场而已。有心者有所累，无心者无所谓。人生真就是一个慢慢地苏醒和剥离的过程！

此刻，你阴阳怪气地说了句"女人不哭是怪物，老哭是废物"。

感谢妈妈

亲爱的妈妈：

请原谅迟来的惊喜，感谢无微不至的呵护和满满的爱让我一直感到无比的幸福。

说实话我都不敢相信自己已经 16 岁了，每天看着你房间里挂着的照片都觉得不可思议。好想回到小时候什么都不用想的时刻，但又不想再重回一遍之前种种的黑历史。

感觉在长大之后就会想好多事。我最近也是一直处在焦虑状态，每天的时间对我来说都不够用。只要有多的时间，就是改错和复习。我终于体会到了那种为了大学努力（很努力）地去争取的感觉，虽然很累，但是特别充实，能确保每天都没浪费。值得一提的是，本身数学是我最薄弱的学科，通过这几周的刷卷加上重新改错，我觉得我再和高一的自己对比又有了新的进步。现在只要是常错的题，我就找相似的练，然后给老师改，直到彻底弄懂。而且我是能感受到自己的上进心的，总是把自己和别人拿来对比，我知道人要和自己比，但老是控制不住自己去想（下次考试一定要考的比××高，或者下次一定要超过××），其实这样也很痛苦，总觉得自己不够好，别人为什么都比我厉害？我私底下要更努力……能考上大学吗？（反正脑子里总徘徊着这几句话）不过有时也会想起你说过的话，不能妄自菲薄。

　　写了这么多，就是想总结一下最近的情况。比起我，妈妈你更令人佩服啊，把业绩从倒数变成第一，真的要付出很多，我也终于有了些体会。可能我口头不太会夸，但心里是实打实地敬畏和自豪。时常在想，在外界一直流传的"凶猛"领导，对待女儿却是另一种性格，拖着一身病，又要兼顾家庭，又要忙于事业，世界上还有几个人能够做到？有的时候看着你的眼睛，我就想哭，怕你有一天撑不住了怎么办，没了你我又能怎么办？你也好累好累吧，但又没人倾诉，如果有什么不开心，可以告诉我，反正我也不会举报。哈哈哈，开玩笑！孩子的生日是妈妈的受难日，亲爱的妈妈，我也深知你的辛苦和对我不顾一切的爱。我真的特别开心，就像你说的，我要懂得去表达爱，我也在慢慢学习！！

这次的礼物想了很久，不是用你们的钱买的，是我的压岁钱，不可以送人哟！我挑了好久，觉得这个礼物和你的气质会搭的，希望喜欢。

我也会继续奋斗，争取考一个你认识且我喜欢的大学。

我爱你！

丫丫

P.S 我搞这些没有影响学习，也不是刻意的，是发自内心。

蜕 变

狗子:

　　这一年给你的定义，准确讲应该用"蜕变"这个词，从内到外的蜕变，每一个细胞都散发着阳光、积极、上进和自律，越来越好的气息扑面而来……我们一面目不暇接，一面暗自窃喜，这不就是传说中别人家孩子的模样吗？我们怎么命这么好呀，但转念，又有点伤感，因为，我们已经听到你在小屋里扑腾双翅、跃跃欲飞的声音了，已经看到你对外面世界向往和渴望的眼神了，已经强烈地感受到，我们对你的帮助越来越有限了。在你的世界里，很快我们就要让出 C 位，目送中渐行渐远不就是每一个爸爸妈妈都要面对的一幕吗？但至少，现在你只要转头，还能看到我们挥手的身影，可是，这也只是一段的岁月静好，总有一天，无数次的回首，没了就是没了……所以，今年我和爸爸郑重地决定送你一份特殊的生日礼物。万一，我是说万一，哪天我们不能出席你生日派对的时候，希望你依然能坚定、从容、优雅地吹灭你的生日蜡烛，送给自己一句：活着真好！

虽然，我们不能保证你绝对的安然无恙，但至少在今天，我们的认知和能力范围内算是思尽所想、竭尽所能了……所以，下面的内容很重要，这封信很重要、这份公证更为重要！！！我的小狗子可要竖起耳朵听好了：我们给你买了重疾险，我们自己也买了重疾险、住院医疗险年金险和终身寿险，并且，我们全都指定你是唯一受益人，这样今后无论任何风雨，都能保你安然无恙。

狗子，看完这些是不是有点五味杂陈，其实，妈妈就是想挑个你能记住的日子，正式地、严肃地给你阐述一个道理，那就是我们从懂事开始，就被要求努力、努力，再努力……那么，努力到底为了什么呢？其实，不是为了证明自己多优秀，而是为了在意外和不可控的因素来临时，那些平常所努力积淀的金钱和能力，可以成为我们抗衡一切风雨的底气；是为了尽可能地把命运拽在自己手里，而不是被动地困在父辈的阶层里动弹不得；是为了当自己遇到喜欢的人和事的时候，除了一片真心，还有拿得出手的东西。

仅以此份特殊的礼物，送给比我们自己的生命还重要的——小狗子。

永远爱你的爸爸妈妈

母亲节的思念

宝贝：

今天对妈妈来说，又是一个没有母亲的母亲节，实不想过，不想提，但商家饶不过我，回忆也饶不过我，早早地梳妆打扮好埋伏在我的窗外，令我不得不想起，不得不怀念。不由得想起，圣人对死亡的定义：第一次死亡是心跳停止，肉体离开人世；第二次是这个世上最后一个记得你的人把你也忘记了；第三次是你留在这个世上的任何资料都消失了……逻辑好像还真是这么回事。

回望这两年多，姥姥姥爷走了吗？除了每个周末不用奔波在医院和家的路上之外，我无时无刻没有和他们在一起，过节了、过年了、加薪了、得奖了、你考好了、你老爸气我了……熟悉的场景，熟悉的乡音，一问一答，只不过改为一人的独角戏，导演、编剧、主角、配角来来回回地串场，熟悉的剧目倒也切换自如……随着光阴的流逝，慢慢地接受了分离，接受了这个自然法则，无论如何逃避，离别一直都在，且随机而必然，正因如此，也就越发地迷茫起来。

人存在的意义又到底是什么呢？有人因为创办了某个公司百年仍在，有人因为历史事件流传千古，有人把文章传给了世世代代，他们才算是活得真正久的。但对于大多数的普通人，人生就是一场体验，体验会随着分离不复存在……于是，努力留下印迹便成了这场体验的终极意义，站在这个视角望去，姥姥的一生已经算是极为圆满的了，无论她老人家在与不在，无时无刻不萦绕我耳边的嘱咐，分分秒秒相伴左右的存在，虽去犹在，如影随形。

所以说，宝贝，因为知道姥姥在，我才努力奔跑，怕她因为我的懈怠失望；因为知道姥姥在，我才努力快乐，怕她看见我的眼泪伤心；因为知道姥姥在，我才努力锻炼，怕她因为我的身体担心；因为知道姥姥在，我才会竭尽全力让每一天活得精彩，因为我想让她知道我是她最杰出的作品，无论天上人间！

保证书

妈妈：

　　我以后一定好好吃早饭，珍惜妈妈的良苦用心，不管是包子还是蛋炒饭。一定懂事不让妈妈生气，事不过三，两次都是包子，绝不会有下次，如有下次，妈妈再也不给我做早饭，我自生自灭。望请妈妈原谅，但头发肯定不是因为这个掉的，因为生发剂，每隔段时间就会脱落不健康的头发。关于包子，我确实想过拿着中午吃（因为包子吃得我很撑，然后我就自私地不考虑后果地扔了），这个真的没骗你。我今天一天都在深刻反思自己的王八蛋心理，这里向你保证绝不会再有下次，对不起妈妈。真的很对不起，一定不会让你觉得你欠我的了，我真的知道错了，不会再惹你生气了。

我从来没有不想吃你做的饭，这次是我没考虑你的感受，也没想到你的辛苦，你对我们太好了，是我自己不知足、不珍惜，你真的是世界上最好的妈妈，我太可恨了，对不起妈妈。

（真的只有这两次，真的这个真没骗你，两次都是包子，请相信我，因为你想，饭还有饼我也没法拿，而且我还留存了一点良心，知道这些你做起来很费事，而且很用心，真的对不起。）

承诺人：丫丫

转　型

宝贝:

这是妈妈的一段心路历程, 很想让你帮我一起记录这个重要的变化。熙熙攘攘的变化, 终于要画上句号了, 从去年 11 月某晚散步的起念, 到 6 月 15 日接到岗位调整的电话通知, 再到漫长的交接等待, 再到各种迎来送往, 我的小心脏似乎一直在乒乒乓乓地乱跳, 按理说已经尘埃落定, 着实不应该这么异动, 可生理的反应的确不好把控, 看来, 职业生涯这一路已经把各种零件颠得快散架了, 以至于只要有风吹过它都会发出吱吱扭扭的声音, 更何况, 这次, 是一场颠覆性的台风呢……打 1990 年入行算起, 差不多 30 年基本干的都是高速运转的活, 突然刹车, 原有的惯性冲力应该还在, 似乎还想努力地挣扎。此刻, 想到莫言《生死疲劳》中那头犟牛的西门牛，宁死不愿让人扎上鼻圈牵着走的牛。想来，生为万物，都是崇尚自由的，这也难怪，灵界中谁愿意被捆绑……终于悟出，我这状态应该好似被捆绑多年从笼里放到院里，怯生生不知道该如何迈开腿，又好似从高海拔的山顶到低海拔的内陆，被扑面而来的氧气填满了大脑的每一寸缝隙转不动了……

是时候要安安静静地梳理一下过往，规划一下未来了，那么就从今天开始吧。

从今天起，

我要学习止：止言、止行、止语、止心。

我要学习辨：自己的事、别人的事、老天的事。

我要学习放：放下、放开、放心、放过自己。

我要学习容：容慢、容错、容事、容人。

此生最终的目标应该不是让所有人都满意，而是让自己满意，不是要将别人的感受当作第一准则，而是要将自己的第一感受当作准则去执行。当然，也并不能光靠自己的感受，还需要自己去不断地发现和修正自己，打磨自己，努力让自己越变越好，是自己觉得真的好，而不是让别人看着好而好，把不忙不闲的工作做得出色，把不咸不淡的日子过得精彩。

上海之行

宝贝:

因为考完试了,我安排你第一次没人接送"单飞"上海,到酒店和我汇合。原本只是想着紧张了那么多天,带你放松一下,而且,上海的初冬美得不要不要的,街上随便的一角都是我们在广州见不到的景色,白桦树、银杏树,还有好些叫不出名的初黄、浅红⋯⋯

我们漫步在城市的老弄堂里,畅谈从前和未来,此刻你对未来的设计是这样的,我帮你记录一下:

"妈妈,我未来不想活得那么辛苦,想干一件相对自由一点、可以有自己的时间能到处走走的工作,当然,这份工作还必须要有不错的薪水⋯⋯我现在唯一能想到和我喜欢干的应该就是去大学当老师啦,如果这样,就至少要上个博士才有机会实现……"

我们在咖啡店碰了茶，宝贝，其实，你这个梦想何尝不是我的梦想呀，只是当年姥姥姥爷从没问过我，这不是他们的问题，是时代的局限，你生在一个多么好的时代呀。

快到中午，咖啡店里人多了起来，看见一对母女手拉着手进来，看样子，妈妈应该是第一次来这个有腔调的地方，有点不太自然，可眼眶里的幸福满满溢出了一地。想起当年我也是这样领着姥姥来上海吃吃喝喝，拉没拉手不记得啦，如果没拉那一定会是挽着的。

天真好，阳光更好，愚园路的街边小店已经应景地换上了圣诞盛装。

下午，我们一起听了场讲座，收获了几个知识点：

1. 人的大脑神经最丰富的时段是 6 岁。

2. 人工智能未来真的会不受人类的控制。

3. 任何管教对孩子们都是无用的，唯有爱，才能调动他们内心的力量，让他们主动成长起来，自发地成为一个优秀的人。

与其说教，不如家长和孩子一起培养终身成长的心态。几乎所有你能看到的美好品德，背后都是终身成长型的思维方式，这和父母的关系太大了，一个孩子成长最直接的养分就是来自父母的各种互动。要让他们无时无刻都能从生活和经验中学习和吸取养分，未来她们在社会中才能幸福健康地成长。孩子就像一片有生命的森林，要允许他们自由自在地成长……

这段话，我静静地想了想，大道至简，的确如此，如果孩子不是发自内心的认同，所有看到的表象都是在演戏，终究有一天，我们看不见、更管不了啦，卸去伪装下的那个没有觉醒的原型不是更让人担心吗？与其这样，还不如先松松手，站在不远的地方看着孩子试飞，假如，我是说假如一开始就立刻想要偏离轨道，那至少我们还能抓得到，摸得着，能及时纠偏。话是这么说，但我内心非常坚定地告诉自己，我的宝贝，绝对不会！她已经知道她要什么、她该做什么。

于是，2023 年 11 月 18 日，在上海淮海路的火锅店的卡座上，我郑重地告诉你，从今天起，我们不再管理你的手机，因为你有能力对自己的人生负责啦！先别急着欢呼雀跃，你可是郑重承诺我，你会绝对爱惜我的产品零件，比如眼睛、耳膜、身体，因为它们的生产厂商是我，你无权损坏。所以说，宝贝，你可要信守承诺，说话算话呀。

感恩节

亲爱的爸爸妈妈：

又是一年感恩节，在这一年里，我能明显感觉到自己思想上的成长，也谢谢爸爸妈妈对我长久以来的理解和细心体贴的照顾，让我一直在爱中长大。

我多次庆幸自己投胎到这么好的一个家庭里，上辈子得干多少好事……我庆幸我的妈妈能和我处成"好朋友"，而不仅仅是母亲女儿的关系；我也很庆幸我的爸爸能时时刻刻想着我，干什么都是第一个想着给我留，以及天天不迟到地来回接送……

你们总能在我的视角考虑我的感受，随着年龄的变化，你们也在不断为我成长。

妈妈喜欢明确地表达对我的爱，比如每天口头上表达的爱，以及每个小小节日里的惊喜：放在桌上的零食、回家时热乎乎的饭菜。

爸爸喜欢用行动表达爱：不迟到的接送从小学坚持到了高中、按时换下的床单、一通电话随叫随到、去超市也不忘问问我想吃什么……

我何其有幸拥有这么好的父母！可能你们觉得我迫不及待地想离开你们，其实我只是有些憧憬未来，但我肯定会舍不得家里，我懂你们的心情啦。

在上海，妈妈郑重其事地告诉我以后将不再管理我的手机，其实我的第一反应还不是开心，而是觉得很幸福，世界上很少能有爸爸妈妈能这样理性地去看待这种事。从和爸爸妈妈碰杯开始，我自己心里也有了数，有了把握。

谢谢爸爸妈妈给我提供了最好的一切，我活得特别幸福，我能拥有我想要的一切，又有爱我疼我的爸爸妈妈，我很知足，我觉得太幸运！你们教会我的所有，有些人一辈子都可能学不明白，我自己心里清楚，也明白你们对我的期望，我会努力去争取那看似遥不可及的梦想，有你们在身后肯定会有加持的！谢谢爸爸妈妈！

感恩节快乐！

预 录

宝贝：

不知是不是命运之神的特意安排，2月8日一早打开手机就看到老师发来的预录通知书。这让原本计划的英国高校参访之旅瞬间有了归属的意义，心怀美好和期待的长途跋涉似乎也没有想象中的那么难熬，爱丁堡、杜伦、曼大、牛津、伦敦……随着行程一站站进行，妈妈的心情却是一点点的低落，看着你幼小的身影站在凄冷的街头，时间仿佛一下子跨到半年后的路口，那一刻，你身边没有我，没有爸爸，没有人摸摸你穿得够不够暖，更没有人问你想吃啥喝啥。

从生下你到这一刻之前，我都从未质疑过自己的选择，无论是幼儿园、小学，还是中学，这一路，不就是这么给你设计的吗？可当我亲眼看见了这个场景的时候，实话实说，我开始动摇了：为什么当初这么的义无反顾，为什么从没预见过这个场景？我试探着说："我反悔了，不想让你来这上学了。"让我始料不及的是你听闻后瞬间红了的眼眶，知道你应该是用尽了克制才让眼泪没有立刻喷涌而出，可妈妈的心里已经是泪流成河，我知道，开弓没有回头箭啦。虽然我那么的万般不舍，但你已经急不可耐地扑腾着翅膀想要展翅高飞，留是再也留不住啦。

这一走，我们的世界里就只有唯一的回忆，而你的世界里我们从此就成了"之一"。

也就是这一刻，我才深刻地体会到姥姥当年的心境，这么多年我从没想过当年我去一个更发达的地方，去一个前途更光明的地方，去一个会让我越来越好的地方，她有啥不愿意的，又有啥哭哭啼啼的必要，甚至一直拿这点给她秋后算账。

"妈，要是我当初被你的哭哭啼啼拉扯住，哪有今天的美好，你说是不是？"

"你哪知道当妈的心呀，等你当了妈就知道了。"姥姥当时回复道。

许是姥姥怕我忘了这段对话，曼大的那夜，她专门跑来提醒我，起初我没想明白姥姥咋会突然出现在我异国他乡的梦里，直到你领着我在伦敦街头怯生生又非要证明给我看，你行的！那一刻，我的心突然被姥姥撞击了一下，原来如此啊，她到现在应该依然没忘当年的对话。你所有美好的憧憬和远大的志向，在你妈妈心里，都抵不了"舍不得"三个字：舍不得看你吃苦、舍不得看你受冻、舍不得你孤孤单单、舍不得你离开爸妈的每一天……也是这一击，才让我终于感同身受了，原来当年对于我的离开，姥姥的表现已经非常的克制了，那种硬生生要撕扯开骨肉相连的痛，真的难以割舍……

此刻，你同情地拍了拍我的肩头，嘴上说"好了好了不伤心啦"，心里估计是想着："莫名其妙的至于吗，我这可是世界名校，别人还求之不得呢。"

所以说，宝贝，你哪知道当妈的心呀，等你当了妈就知道了。那时，也许我也会在梦里提醒你："喂！我这个妈妈，比你是不是还坚强一点点。"话说，宝贝，不就是因为年轻，才会去做一些疯狂的事，这样当老了的时候，还有值得回忆和自我赞美的经历。谁没年轻过呢？而我，要做的就是，尽量不去做你年轻路上的绊脚石。

出　国

亲爱的妈妈：

　　这是我想写好久的信，但因为当时条件录取还没收到一封，我就没什么底气说这些话。先说说我想去英国上学的原因，这应该是你最想知道的。第一，我很喜欢英国的文化环境，这点很吸引我，无论从生活方式还是底蕴。第二，我认为应该去开拓一下自己的格局。说实话我认为我从小学到现在结交的朋友太少了，并不是说我要交多少多少的朋友，而是我想去认识世界各地的学生，这样自己在思想还是眼界上比较能有提升，我不能绝对地说，但在 A 城，我可能还是局限在一个固定的圈子里，没有办法得到一个良好的语言环境。怎么说呢？我认为来英国上学对我来说更多是一种挑战，我觉得自己本来就是比较依赖家的小孩，也许我去学习一段时间后，会有很多变化。这次去英国，我内心上觉得自信了很多，这种感觉还是第一次出现。再一个我想尝试不同的思考模式，批判性思维是我需要的，我觉得既然一开始选了出国的路，就尽量不留遗憾，毕竟这对我来说也是努力的回报。

妈妈，我知道你更担心的不是这些，你担心我吃不好，睡不好，更担心我在你们看不见的地方出什么事。你说我不怕吧，其实不太可能，但我向你保证，你反反复复强调的这些，我会全部记在心里。

想起还在原来学校的时候，我是亲眼见证身边的同学申请到海外名校的，当时我很羡慕，就在想什么时候我也能考进英国的大学，就好了……现在轮到我了，妈妈，我相信自己，请你也要相信我。

妈妈，我不是着急想离开你们，也不是不想陪你们。人生有很多个转折点，如果说我的第一个转折点在高一，那么第二个转折点就应该在大一。我想让自己变得更好，因为我还不够好，这么多年都是你和爸爸引导我怎么长大，现在该我为自己的成长负责了，你心里的那个遗憾让我替你去完成。相信你也很期待大师口中的那个我吧！

妈妈，我很能理解你和爸爸五味杂陈的心情，给我点时间，我会让你们慢慢去放心。

能拿到条件录取以及6.5分的英语，对我来说已经是莫大的鼓励，但这不是重点，这么好的爸爸妈妈，我不会让你们失望。

老爸老妈，爱你们！

有你们的坚定才成就了现在的我。

丫丫

怀念姥姥

宝贝：

　　你知道 3 月 15 日是什么日子吗？是国际消费者权益日。而每到这一天，妈妈总会想起和姥姥在这一天的精彩对话，我把它记录下来，让你看看我和我妈妈之间温暖的片段。

　　"妈，你今天一定不能出门，记住啦。"

　　"我为什么不能出门，我又没犯法。"

　　"你是假冒伪劣制造商，所以，今天打假，抓住你要罚款。"

　　"我造了什么假，你倒是给我说说。"

　　"你生、生、生，到我就是残次品啦，还说没造假。"

　　"我一巴掌呼你，看你还污赖我不。"

一转眼，往日的欢乐就再也回不来了，一松手，一世的牵绊就像风筝断线了……那些有爱、有情、有义的岁月，会在日升月落的眺望中渐渐老去，如烟云过往。我们也会在蓦然回眸中，被那些沧桑的气息呛得热泪盈眶。一路走来，多少欢喜？多少哭泣？多少成了心里的朱砂痣，又有多少成了身上的饭粒子……那些苦辣酸甜，不就是岁月的调料；那些离合百味，才是人生的百种滋味。

好遗憾，当年的电话没有视频的功能，而今只能凭借记忆，一遍遍地重温，一遍遍地回放。

记录你的成长 17 年

宝贝：

又要过生日了呀，之前的 16 个生日对你而言，应该是花样翻新、惊喜多多吧。其实，那些对于总导演的妈妈来说都是小菜一碟，而今年的生日，妈妈想了又想，真的想不到该用怎样的形式来共度你在家过的最后一个生日，用最后来表述好像不太确切，但至少今后我们仨纯纯粹粹地在这个你出生的城市给你庆生的机会应该是少之又少了吧。正因如此，17 岁的生日就极为珍贵了，不是吗？思前想后，还是决定提前把这个记录了从你投胎给我们做女儿起的点滴故事整理出来送给你，因为我实在想不出还能有什么比这个更珍贵的了。

妈妈一直在用自己的方式精心、用心地养育你，用你能听懂的道理告诉你什么是成长和坚强……虽然，我不敢说全是对的，但，看到这一件件连我自己都快记不起的过往，温暖而又庆幸，为了这 6446 天我们朝夕相伴的日子而温暖，为了这从未间断记录而庆幸。

妈妈从不认为生活会有什么起跑线，更没有纯粹的输赢，只是每个人选择不同的路罢了。6446 天，我们已经带着很小的你走了很远，这一路妈妈不会为你的日常喋喋不休，不会与别的家长讨论你的特长和择校，不会因为你冷落和爸爸的温存时刻，更不会因为你放弃我自己的下午茶……偶尔，我会帮你请几天假，一家三口短暂地偷欢，我也会和爸爸一起把你拖出你的小屋去看场电影，我更会在你远走高飞后，继续以自己喜欢的方式去生活。妈妈一直觉得言传身教是深刻的教育方式，我从不认为家长就有什么了不起，就有什么资格去随便指手画脚，每个人都应该有她自己人生的选择权，而父母能做的无外乎就是竭尽全力地陪你一程，不留遗憾罢了。你不是我们的私有财产，不用为我们光耀门楣，也不用替我们传宗接代，更不用为我们养老送终。我和爸爸有幸参与了一颗种子从发芽到成长、到花开的过程

而今，你即将远行，下一站的风景我们未必都能同行，说不担心是假的，说挥挥手不泪流成河是传说，毕竟我们是你的爸爸和妈妈呀，是这世上最最爱你和牵挂你的两个

人。虽然妈妈知道这是必经之路，但挥挥手说放心那也绝对是自欺欺人。搜到小红书上留学生初到异国的心路历程，仅以妈妈对你的了解和有限的认知，给你备了一个小药箱，只当装了些逍遥丸、舒肝丸、健脾丸和十全大补丸吧，也许能起到点保驾护航的作用……

初到人地生疏的异国他乡，短暂的新鲜感过后，第一个跳出来反抗的就应该是你这 17 年的中国胃吧。

民以食为天，这也算是再正常不过的需求。其实妈妈40 岁以前也是不会做饭的，大约从姥姥姥爷不太方便出行那年开始，每逢周末，厨房就成了十指不沾阳春水的我的第二个战场。辗转难眠的夜晚，我收藏了无数的美食做法，一有时间，必须马上实践，每每听到家人们赞不绝口，看到一个个精光的盘子，那又何尝不是另一种自我价值的体现？

所以说，宝贝，妈妈想告诉你，世界上很多事并没有我们想象中那么难。很多看似不相干的事情到最后都是殊途同归，都有异曲同工之妙。就拿做菜这件事来说，创新思维很重要，谁说蟹和肉不能同锅，谁又规定鱼虾不能和羊共舞……就这点在管理学中叫"创新无处不在"，创新是基业长青的必备基因。再比如用火，什么时候要大火收汁，什么时候小火慢炖也是极有讲究的，该大没大，少了鲜嫩，该小不小，外焦里生……古代不是就有"治大国如烹小鲜"的佳句吗？其实，世上很多事，并没有我们想象中那么难，难的是缺少"为君洗手做羹汤的心"罢了。学会做饭，第一受益人还是自己，不管多忙多累，都不要敷衍自己的胃，倘若此刻恰巧又觉得生活无望，不妨试着给自己做顿饭，胃暖和了心也就暖了。美食带给人的，不仅有饱腹的满足感，还有面对生活给出的难题时，内心那种一家人围坐在一起的安全感。想起林清玄给浪漫下的定义："所谓浪漫，就是浪费时间慢慢吃饭，浪费时间慢慢喝茶，浪费时间慢慢走，浪费时间慢慢变老。"你知道出外吃饭的最高评价是什么吗？跟家里的味道一模一样。

所以说，宝贝，接下来的日子，你是不是该留出点时间，认真解锁一下你在外生活的第一技能呀？

为人处世

宝贝：

聊完了吃，咱们再来聊聊你会碰到的第二个难题：怎么和形形色色同学相处。实话实说，在这一方面其实你从上幼儿园开始就不算太顺利，不是说你和大家相处不好，而是你太过看重友情，说到这，估计你会抵赖"哪有呀，又编造我的黑历史"。好在华为手机有强大的存储功能，让我再帮你回放一段吧：

那天是周日，看到你有点闷闷的样子，我就拉你到身边，说道："妞，我们聊会天吧。"

"嗯，你想聊什么呀？妈妈。"

"聊聊你的学校呀，朋友呀，老师呀，什么都行。"

你说："那妈妈，你先说说你小时候的学校，朋友呗。"

我告诉你："妈妈小时候就在离家很近的厂办小学读书,很多同学都是楼上楼下的邻居,我们没有漂亮的教室,没有图书馆,没有游泳馆,只有一个小小的操场……但我们班主任是个很善良的女孩子,当年,我们是她毕业后教的第一批学生,她非常喜欢我们,上课很认真也很严厉,下课会带着我们一起做游戏,老鹰抓小鸡就是我们当时最爱玩的游戏了,她永远做鸡妈妈,我们则排成一排躲在她身后……知道吗,她身后的第一个位置始终是妈妈的,因为姥姥让我早上了一年学,所以我比班上的同学都要小,再加上妈妈那时胆子特别小,所以老师会格外照顾我一些。"

"妈妈,那你那时有朋友吗?"

"有呀,艳子阿姨就是妈妈 5 岁时的好朋友,知道我们做了多少年好朋友吗?整整 37 年了……"

"哦,妈妈,我好羡慕你呀,我告诉你件事,你看看如果是你,你会怎么办呀?"(好严肃的话题,一听到这,我马上提高警惕,准备认真应对了。)

你接着说:"我们现在午睡前都会做个小游戏再睡觉,之前每天都是玲玲安排我们谁扮演什么,可那天,玲玲安排的时候,沙沙站出来说:'为什么每次都是你安排呀,我觉得这次应该让丫丫安排。'妈妈,你知道吗,其实,我没说我想,但沙沙是我的好朋友呀,她想让我去组织大家，不是我告诉她我要去的，是她自己提出来的，你明白吗？"

"明白！"面对 7 岁的小人，我一脸真诚地回答。

看到我的诚意后，你接着往下讲："结果玲玲对着我说，你愿意当你当吧，我再不和你做朋友了……妈妈，你知道心被针扎了的感觉吗？"（宝贝，当你讲出你的心被扎了这几个字时，妈妈顿时心也突然痛了一下，我怎么会不知道呢？）

我搂住你小小的身体，让你的头靠在我的胸口，努力地温暖着你和你那小小的心脏，用尽量平静的语气告诉你"妞，你这么善良，这么温润，这么乖巧，又这么好学，以后会有很多很多的人愿意和你做朋友，喜欢你的人无论怎样都会喜欢你，不喜欢你的人我们绝不要去强求，因为她原本就不属于你。"

一段小小的聊天就这么结束了，回想起来了吗？宝贝，你知道妈妈那天听完心情有多久不能平静吗？后来，从小学到初中再到高中，这个过程中你多多少少因为太重感情而受到点小伤害，有的有心，有的无心，其实，这点估计也是我遗传给你的吧，所以我有责任实施"三包"，再讲个我受伤的小故事给你听听吧。

妈妈早年曾经有一个一起打拼多年的下属，虽然是上下级，但我们关系非常好，我一直当她是肝胆相照的朋友，是无话不谈的好姐妹。突然有一天，她告诉我说她要结婚了，同时准备辞职去国外留学，因为那是她的梦想，而结婚是因为怕那个男孩不同意她走，她要给他一个承诺……我当时非常舍不得她离开，犹如母亲面对即将远嫁的女儿，我为她考虑了一切——万一她去了国外觉得不适应怎么办？万一几年后回国找不到工作怎么办？她还年轻怎么能想到冲动后的代价呢？于是我去找我老板，为她争取到停薪留职的先例……可是，当我兴冲冲做完这一切的时候，迎接我的竟然是她去了同业的消息。那一夜，我哭着删除了关于她的一切，亲手埋葬了我们的友谊。

所以说，宝贝，妈妈现在想告诉你：

第一，放弃希望所有人都喜欢你、认同你的期待，正如你也不可能喜欢和认同所有的人，这叫缘分。你只需要记住让自己高兴的人和事，让你不快的则统统忘掉，忘掉的方法是读书、听音乐、看电影，喜欢啥就干啥。

第二，你不需要看同伴的态度来定义自己，也不需要特别为她做什么来证明自己。你控制不了别人，但可以控制自己。别人有坏情绪，那是她的事。挡住！绝不允许别人的坏情绪进入自己的身体，休想让自己不快乐。

第三，朋友之间的事来得快，去得也快，别人说你啥不重要，但你的想法看法很重要，事情本身不伤害人，而你的想法会伤害你。

第四，不管今后还有谁这样做，同情她的有眼无珠并原谅她。第二天，太阳照常从东边升起。听没听过这个段子"大米是精品，汽油也是精品，但它们混在一起就是废物"。是精品还是废物不重要，跟谁混，很重要！所以说，宝贝，朋友不是乱交的，每天在一起喝酒的不一定是真朋友，每天在一起混的也不一定是永远的朋友。

　　其实，就这个话题，妈妈还有很多很多话想和你说，但估计说多了也没啥用，最后只想说：朋友有很多种，一定要认真地选择，不是什么人都可以让我们称作朋友。朋友的第一准则是正派，这是基础，是根本；第二准则是真诚，这是空气，是氧份；第三准则是欣赏，这是长久，是血液。良师益友，可以滋养你的人生，温暖你的旅程，至于数量，多一个少一个并不重要，不会对你的人生产生任何影响，记住了吗？我的小傻瓜。

04/07

情绪化解

宝贝：

　　如果你问我，你离开我们后，我内心深处最放心不下你什么？可能前两个问题都不算大问题，情绪问题实话实说，我还是有点担心的。一是因为这几年青少年心理健康问题好像越来越多，我身边好几个朋友的孩子就因为在国外各种不适应和学业压力叠加患上了严重的抑郁症，把国内的爸妈闹腾得魂飞魄散。二是因为你是个超敏感的孩子，外在的因素对你的影响会相对较大，正因如此，从问题的排序我会把如何客观看待情绪放在第一位，换句话说，心情好了喝凉水都是甘甜的对吧。

　　但，天天开心只能写在祝福的句子里，现实的世界一定会是有时晴来有时阴的，这个道理我们大家都明白。那么，当我们情绪不佳的时候，妈妈教你一个最有效的治愈方法——移情，这个方法我屡试不爽。但这并不是说，一遇到问题我们就选择逃离。问题本身其实只是一个信号，告诉我们问题发生了，我们首先应该学会去分拆。如果只是一味努力降低痛苦、逃避痛苦，那就是在逃避问题自身，并不利于心灵的成长。这和身体疼痛的道理一样，当我们肚子疼时，医生经常不建议直接服用止痛药，因为那会让身体麻木，让医生难以探察到底是哪个器官发生了病变，从而无法下手治疗。心理痛苦也是如此，要分清痛苦与问题，可以想办法减轻痛苦，但更重要的是，我们要先分析痛的根源是什么。如果这个问题不弄明白，稀里糊涂地先止痛，一时的问题可能缓解了，但过后一定会面临更大的痛。

所以，你要学会认清一个事实，那就是事情本身不会伤害你，伤害你的是你自己对事情的想法与看法。上天并不会因为你抑郁了而特殊照顾你，让你少受生活的磨难。讲真，我个人是觉得这些年"抑郁"这个词被重用了，放大了。人生几十年，谁会天天阳光灿烂，谁又会年年万事如意，谁都没有吧，不光中国没有，外国也肯定没有，估计动物世界也不会有，如此想来，其实人人都或轻微或严重地抑郁过，只不过，有的人有自我觉知和调节的能力，快速化解了，有的人就木讷地待在原地等着别人来解救罢了。

　　所以说，宝贝，从这一刻开始你要学会独自行走，要记住，有人欣赏你，就有人讨厌你，我们不能苛求自己，老是在乎别人，顾忌他人。我们也不能总是委屈自己，顾虑种种，刻意去讨好别人。好不好都是自己的，行不行也是自己的，自己的事自己做，自己的路自己走。靠天，靠地，都不如靠自己。你要学会忍耐与坚强，别把人生走向寄托在他人身上。如果得到帮助，那是幸运之神的眷顾；如果遇上险滩与旋涡，也是你必经的风景，亦是命运的公正，没人欠你什么，能够对你负责到底的，唯有你自己。我们总是把人生的种种得失融入于我们的感情，得之则喜，失之则悲，其实，人生就是这样的，忙忙碌碌，平平淡淡，坎坎坷坷，起起伏伏。不论我们怎样努力，依旧会有遗憾；不管我们如何追求，依然会有不满。想开，而后看开。人难有十全十美，事难能尽善尽美，遇事咱得学会转弯：这次没考好，但毕竟也辛苦了那么久，出去吃顿好的，犒劳一下自己；被老师批评了，那说明他重视你呀，买货的才挑货对不，谁不买才懒得挑肥拣瘦；被同学议论了，那是她们嫉妒你呀，你要差她们一大截，她还议论你干啥，只有棋逢对手才会出阴招好吧。想到这，还不赶紧美美地出去晒晒太阳、听听歌，或是敷片面膜、追个剧、顺便吃点小零食，吸足了能量说不定第二天就风轻云淡啦。

326

还有几个超级好用的小锦囊：比如适时鼓励自己一下，买个一直心仪没舍得买的东西；比如每天记下一件值得感恩的事；比如真的很难过的时候挑一部爆泪片，抱盒纸巾放肆地大哭一场；比如跑步，这个是真的治愈，当你五脏六腑都动起来的时候，那点小问题很快就会被赶跑了；再比如找个可靠的闺蜜倾诉，这个有点风险，人找不合适会留下后遗症，但找妈妈那就是绝对的安全、忠诚、靠谱，说不定还能贡献点小方案，哈哈。

所以说，宝贝，这就是妈妈想教你的一整套"移情大法"，不难吧，试试吧，再送你句咒语"一切都有最好的安排，你的坚持终将美好"。

提醒幸福

宝贝:

这第 4 个问题，其实也可以归结为如何化解情绪，之所以把它拉出来重点说说，是因为你从小遇到事情总会先否定自己，"我不行吧，哪有这么好，我不敢相信我能考这么好……"这些句子总是会时不时地从你嘴里蹦出，虽然在我的努力强调下好转了一点点，但我估计你嘴上不说了，心里还是会嘀咕的，所以我还是想让你记住，要时刻提醒自己幸福。

为什么要"时刻提醒"呢？仔细观察了一下，好像我们中国人从小就习惯了在"提醒"中过日子，"提醒"俨然已经是一代代父母的责任和义务。记得我小时候，天气刚有一丝风吹草动，姥姥会提醒，别忘了多穿衣服。才相识了一个朋友，姥爷会提醒，小心他是骗子。我们取得了一点成功，还没容得乐出声来，所有关切着我们的人就会一起提醒，别骄傲！甚至我们沉浸在欢快中的时候，也会不停地提醒自己："千万不可太高兴，苦难也许马上就要降临……"

我们已经习惯了在提醒中过日子。看得见的恐惧和看不见的恐惧始终像乌鸦盘旋在头顶。在皓月当空的良宵，提醒会走出来对我们说：注意风暴。于是我们忽略了皎洁的月光，急急忙忙做好风暴来临前的一切准备。当我们大睁着眼睛枕戈待旦之时，风暴却像迟归的羊群，不知在哪里徘徊。当我们实在忍受不了等待灾难的煎熬时，我们甚至会恶意地祈盼风暴早些到来。风暴终于姗姗地来了。我们怅然发现，所做的准备多半是没有用的。事先能够抵御的风险毕竟有限，世上无法预计的灾难却是无限的。战胜灾难靠的更多的是临门一脚，先前的惴惴不安帮不上忙。当风暴的尾巴终于远去，我们守住凌乱的家园。气还没有喘匀，新的提醒又智慧地响起来，我们又开始对未来充满恐惧地期待。人生总是有灾难。其实大多数人早已练就了对灾难的从容，我们只是还没有学会灾难间隙的快活，太忽视提醒幸福。

你一定会问，幸福就是感知，为啥非要兴师动众地提醒？的确，提醒注意跌倒，提醒注意路滑，提醒不要受骗上当，提醒荣辱不惊……先哲们提醒了我们一万零一次，却不提醒我们幸福。也许他们认为幸福不提醒也跑不了的。也许他们以为好的东西你自会珍惜，犯不上谆谆告诫。也许他们太崇尚血与火，觉得幸福无足挂齿。他们总是站在危崖上，指点我们逃离未来的苦难。但避去苦难之后的时间是什么？那就是幸福啊！享受幸福是需要学习的，当幸福即将来临的时刻需要提醒。人可以自然而然地学会感官的享乐，无法天生地掌握幸福的韵律。灵魂的快意同器官的舒适像一对孪生兄弟，时而相傍相依，时而南辕北辙。幸福是一种心灵的震颤。它像会倾听音乐的耳朵一样，需要不断地训练。简言之，幸福就是没有痛苦的时刻。它出现的频率并不像我们想象的那样少。人们常常只是在幸福的金马车已经驶过去很远，捡起地上的金鬃毛说，原来我见过它。很多时候我们往往步履匆匆，不知在忙些什么。世上有预报台风的，有预报蝗虫的，有预报瘟疫的，有预报地震的，却没有人预报幸福。其实幸福和世界万物一样，有它的征兆。幸福常常是朦胧的，很有节制地向我们喷洒甘霖。你不要总希冀轰轰烈烈的幸福，它多半只是悄悄地扑面而来。你也不要企图把水龙头拧得更大，使幸福很快地流失，而需静静地以平和之心体验幸福的真谛。幸福绝大多数是朴素的：它不会像信号弹似的，在天际闪烁红色的光芒。它披着本色外衣，亲切温暖地包裹起我们。幸福不喜欢喧嚣浮华，常常在暗淡中降临。贫困中相濡以沫的一块糕饼、患难中心心相印的一个眼神、父亲一次粗糙的抚摸、妈妈一个温馨的字条，这都是千金难买的幸福啊。像一粒粒缀在旧绸子上的红宝石，在凄冷中愈发熠熠夺目。幸福有时会同我们开一个玩笑，乔装打扮而来。机遇、友情、成功、团圆……它们都酷似幸福，但它们并不等同于幸福。幸福会借了它们的衣裙，袅袅婷婷而来，走得近了，揭去帏幔，才发觉它有钢铁般的内核。幸福有时会很短暂，不像苦难似的笼罩天空。如果把人生的苦难和幸福分置天平两端，苦难体积庞大，幸福可能只是一块小小的矿石。但指针一定要向幸福这一侧倾斜，因为它有生命的黄金。幸福有梯形的切面，它可以扩大也可以缩小，就看你是否珍惜，所以，我们要小心地观察它到来的时刻，激情地享受每一分钟。据科学家研究，有意注意的结果比无意要好得多。当幸福来临的时候，我们要对自己说，请记住这一刻！幸福就会长久地伴随我们。那我们岂不是拥有了更多的幸福！所以，丰收的季节，先不要去想可能的灾年，我们还有漫长的冬季来得及考虑这件事。我们要和朋友们跳舞唱歌，渲染喜悦。既然种子已经回报了汗水，我们就有权沉浸幸福。不要管以后的风霜雨雪，让我们先把麦子磨成面粉，烘一个香喷喷的面包。

所以说，宝贝，在今后漫长的岁月里，一定会有无数孤寂的夜晚独自品尝愁绪。我们更要珍惜现在的每一分钟，让它像纯净的酒精，燃烧成幸福淡蓝色火焰，不留一丝渣滓。这就是妈妈为什么坚持这么多年记录下这些点点滴滴，不就是为了当我们有一天不得不分开的时候，可以说：我们很幸福。当我们鬓发苍苍垂垂老矣的时候，我们也会骄傲地对自己说：我此生很幸福。因为天地无常，总有一天我们会失去彼此，会无限追忆此刻的时光。幸福并不与财富、地位、声望、婚姻同步，这只是你心灵的感觉。

所以说，宝贝，今后无论你贫穷还是富有，记得说：我很幸福。因为我身体健康。当你不再享有健康的时候，也依然要微笑着说：我很幸福，因为我还有一颗健康的心。甚至当我们连心也不再存在的时候，那些人类最优秀的分子仍旧可以对宇宙大声说：我很幸福，因为我曾经生活过。

所以说，亲爱的宝贝，要常常提醒自己注意幸福，在英国寒冷的日子里要经常看看太阳，心不知不觉就会变得暖洋洋、亮光光啦。

爱 情

宝贝:

　　唠唠叨叨这么多，也不知道有几条能被你宠幸，但依然克制不住地想说呀，这已经是努力、努力再努力的压缩版了，最后我想就用女孩子最期待的爱情作为结尾吧。

　　随着时代的更迭，爱情这个在我们和姥姥姥爷那一代原本无比珍贵的物件到了现在已经廉价到平常的不能再平常了，街头巷尾、地铁、校园……男男女女们肆意地挥霍着，搞不懂她（他）们都怎么想，也不想去探究，但我清晰地知道你心里的"爱情"是啥样，别问我咋知道的，是鲜花、是烛光、是宠爱、是深吻、是电影中的各种美好……怎么样？猜的大差不差吧。哪个少女不怀春呀，所以，对这个问题我决定闭嘴，找出两篇之前写的小作文分享给你，其中的滋味你空了自己细品品吧。

《爸妈的爱情》

从我记事起，好像就从没见过爸妈有牵手的时候，更别说爱呀，情呀。记得好多次和妈聊天，打趣地问她："妈，如果有下辈子，你还会嫁给我爸吗？""我，我这辈子都烦死他了还下辈子……"这句话永远是妈的标准答案，久而久之我也觉得可能妈说的是真心话吧。

我又问爸："如果有下辈子，你还会追我妈吗？"

"我才不找她了，这辈子受气包还没当够呀……"好吧，他俩再年轻十几岁说不定还真能"资产重组"了，我暗自在心里揣摩着，谁知一次出行完全颠覆了我多年的认识。

"老妈，今天我带你出去好不？"

"好呀，去哪？"

"去带你修修头发，然后四处走走，晚上再吃点好吃的。"

"老头去不？"

"不去，你不是烦他吗，就带你一个，不带他。"

"好，你都不知道他多烦人，昨天又尿裤子了。"

"好了好了"，我连忙打岔，为了这，爸没少挨批，"走了走了。"

车还没开 10 分钟，妈好像突然记起大事一样，问道："咱们中午回家吃饭不？"

"不回呀。"我回答。

"哦，那你爸咋吃饭？"

"不是阿姨在家吗？"

"那你爸知道咱们中午不回家？"

"知道，我说过了。"

"小伙子，你能快点给我弄不，家里还有好多事呢？"刚坐到理发店里就听见老妈给帮她烫发的小伙子唠叨。"妈，别催人家了，太急了烫出来不好看，再说，我都交了钱了，你现在走人家不退了。"这句话永远是制服老妈反悔的绝招，可谁知没过 1 小时，老妈又吵着不弄了，如此三番，连哄带骗，折腾得我一下午坐卧不宁。好容易领到酒店，菜刚上齐没吃两口，妈就开始指挥服务员打包，完全不顾忌我的感受，嘴里还念叨着："这都几点了，也不知道老头吃饭没……"如果说，光就妈的表现我还不足以惊艳，回家后的一幕才让我深刻体会到什么是"中国老公"。

"我爸呢？"进门没见老爸，我问阿姨。

"大伯在他房间，下午没什么精神，晚饭也没吃，问他哪里不舒服，他说没有，就是没胃口。"阿姨说。

"死老头，你为啥不吃饭？"老妈的话音刚落，老爸就一脸假样地从他屋里溜达出来，抱怨道："你还知道回来，几点了？"

"你为啥不吃饭？"

"我刚才不饿，不想吃……梅子，给我热下饭吧，现在有点饿了。"

原来如此呀，这另类的恩爱方式连我这个女儿都没法诠释，不禁心生感慨：问世间情为何物？只叫人生死相随……可细细想来，无非就是在晚餐的灯下，有人坐在固定的位子上等你，听你唠唠叨叨白天的事，厨房里传来煎鱼的香味，客厅里响着聒噪的电视新闻。无非就是早上挥手说"再见"的人晚上又回来了。无非就是头发白了，眼睛花了，还能有人做好早餐叫你起床。无非就是平常让他说句爱你比登天还难的人，一听到你去医院的电话，心神不定的好像天要塌了似的！无非就是在一个寻寻常常的下午，打电话平淡问道："我要去超市，要不要帮你带啥？"无非就是某个太阳大好的日子，床单被罩刚刚换上新洗过的，闻起来满鼻阳光璀璨的味道。无非就是公园里，9岁的女儿尽情地奔跑，眼睛晶亮地追问你世界从哪里开始。无非就是家里的沙发上两个老人相隔一尺地坐着，没有牵手，没有情话，一个刚刚睡眼蒙眬地想睡，一声"死老头，你又想感冒是不，回屋睡去"……

怎么样，经典吧，如果不是当年记录，我也快要忘了他们的爱情长啥样呢。好吧，看完姥姥姥爷的，再看一篇我和你爸的爱情故事吧，这篇你是主角。

《别样的爱情》

"妈妈，爸爸在干吗？"周末，我给你洗澡的时候你突然问我。

"在给我煮麦片。"我漫不经心地回答道。

"你找的老公对你好好呀。"

你的一语童言，突然拨动了许久未动的心弦……"哦，你真的这么认为吗？说说看，我找的这个老公怎么好了？"

你说："你不想吃东西他马上会给你煮麦片，你生病了他马上会给你拿药吃，你腰疼他马上会给你按摩，还有他对你爸爸妈妈也很好呀，姥姥经常一件事问好多遍，他从来都没有嫌烦过，姥爷经常一不舒服他就马上带他去医院……"

说心里话，这么多年，日子早已在平平淡淡中走过，婚姻里许久没有了爱情的音符，更多的已经变为习惯：习惯了他给我拿药、习惯了他等我回家、习惯了他听我诉说、习惯了他每天接送孩子，同时也习惯了他对姥姥姥爷所做的一切。如果不是你这双还未被物质浸泡过的小眼睛提醒我，我还真不会静下来认真地审视一下天天习惯了为我做这做那而又从不会说一句"我爱你"的男人……细数从认

337

识到现在，刚好 20 年，这 20 年中，在我的记忆深处永远都是他做过什么事，很少有他说过什么令人感动的话，为此，我也会偶尔抱怨几句："你能说句温暖的话不，实在说不出口发个短信也行呀，爱是需要表达的你知道吗！"所有的发问他都可以假装没听见，偶尔逼急了会说："说啥说呀老夫老妻了。"在这个物欲横流的时代，在这个买部手机就能证明我很爱你或很重视你的时代，他的确不能算合格了，这 20 年，他没给我买过什么像样的礼物，也没说过什么山盟海誓，有的只是一次次的小小温暖一路陪伴我们走到今天……

记得，我们刚结婚不久，第一次去普陀山游玩临时决定在上海留一天，第二天乘飞机回去。那时家乡的物资比现在差很远，我们一进太平洋百货就开始给家人采购，出来一次每个人都不能少了礼物，突然你爸爸兴奋地指着一件卡其色的羽绒服说："这件你穿一定好看，走，试试看。"真不错，很轻，很暖，再一看价钱 1800 元，可我们在不知不觉中花的只剩下 3000 多元了，如果买了这件，我们就没多少钱了，再说，好不容易出来一趟我也没给他买点什么呢。"算了我不是太喜欢，再逛逛别的店吧……"我没容他多说拉着他就往男装走，走到一件米色毛衫前我眼前一亮，就它了，如果他穿一定很帅气，可他死活不肯试，除非我先买了那件羽绒服！一时我们就僵持在店里，谁都不肯让步就这么悻悻地回到酒店,到了酒店依然继续冷战。

"我去买个大点的旅行包回来把东西整理一下,一会回来……"终于,他出去了,这头不讲理的猪,我心里骂道,不可理喻,捡到这么替你省钱的老婆还生气,你脑袋是不是出问题了!骂着骂着,那件好看的毛衫又在我眼前晃来晃去哎,不管他了,我自己买回来就是了,于是我飞快地跑出酒店,直奔男装而去,当我抱着毛衫回到酒店打开房门的那一刻,一眼就看到了那件羽绒服静静地等在那里。而他,也一眼看到了我怀中的毛衫。"你还剩多少钱?""50多,你呢?""比你多点200多元。"哈,下飞机打车的钱足够了……

这个故事拿到现在可能毫无意义了,刷卡呗,网购呗,手机支付呗,哪有那么麻烦……其实,这与其说是我们的爱情故事,不如说是我们这代人的爱情故事,真诚且厚重。我到现在还是相信,世上总有一个人愿用最朴素的方式爱你,不是撩,也不是套路,就是那种单纯地想对你好,忍不住的那种。因为爱的存在,所以有了关心、照顾、分担、包容;也因为爱的存在,所以有了抱怨、要求、伤害、排斥淡漠。

所以说,宝贝,爱情终极的目的不是归宿,而是理解、默契,是找一个可以边走边谈的人,无论什么时候,无论怎样的心情。但千万别奢望有了爱情就拥有了全世界,更别指望谁是谁的今生唯一……好吧，这个问题不探讨，答案留给你自己吧。

　　写到此，我的宝贝，生日的闹铃就要响起了，就让我们一起祝福你吧，趁着 17 岁的曙光，趁着时代的微风，去追你的光、去创造属于你的美丽人生吧！怎么样，这份生日礼物惊不惊喜、意下意外？给你当妈妈，我也算是用尽洪荒之力了！

致 17 岁

所以，什么是长大？

真不敢想，我已经 17 岁了，还有一年就成年了，这个数字对于曾经的我来说真的好遥远，可现在怎么就那么那么近呢？

以前总想 17 岁的我现在应该在干什么呢？变样了吗？长啥样？在想什么？在烦恼什么？现在的我只能回答，每天都在为目标努力奋斗，而且那时的我绝对想不到我每天接触的学科，竟然是自己死都不想看到的数理化……

记忆仍停留在回 1602 室的路上，从 701 室看完姥姥姥爷，往回走。那时的空气还弥漫着湿润泥土和草木混杂的倾向，我踢着落在脚边的叶子，脑子里不断想着我 16 岁、17 岁会是什么样子，会成为什么样的人，但没想那么长远，主要是不敢想。

如果我的青春是一本短篇小说，那么我的故事高潮应当发生在去年。爸爸妈妈都说，我的转折点应该是在转学那一刻，但我觉得我真正领悟到自己成长的那一刻，应该是 2023 年的年初。

说我多了解自己吧，好像也没有；说不了解吧，那也不至于。爸妈从小就教给我很多人生的道理，但这些道理我觉得并不浅显，而是能受用一生。但其实从小学到初中，甚至到高一，我都没有静下来去好好思考过他们所教我的这些，从来没真正领会到其中蕴含着什么，能带给我什么。真心说，我是从去年开始，才听进去爸妈给我讲的任何东西，甚至有时想要知道更多……仔细想想，有些话能让我少走很多弯路，有些事可能人一辈子都学不明白，而我早在十几岁就明白了，这岂不是赚大发了吗？

我从去年才意识到自己要成为大学生了，参加了上一届的毕业典礼，看着他们拿着自己心仪的 offer 去异国他乡，心里就有点激动，有点期待，也紧张，更多是害怕、不舍。爸妈时常念叨："你出国了我们咋办啊？"刚开始我没觉得有什么，更多的是后知后觉，一个从一年级起就没长时间离开过爸妈的孩子，突然要离开爸妈 3 年，我该如何，他们又该如何？

所以，现在很珍惜一家人在一起的每个瞬间，喜欢每周末下午乘着微风、阳光和妈妈在院子里跑步,也喜欢和老爸在饭桌上有一搭没一搭地聊着,偶尔回想起,也感叹一块地能承载那么多美好的回忆。以后的我,不管是想起住过的哪里,那都是我在不同年龄段的避风港,家人给我留下的后盾和底气。我想,一个人真正的长大,就是不再有以前那么期待和盼望生日的到来,而是开始考虑更多,脑袋里的神经元开始变得复杂;而是对事物的感知力越敏感,想记录一切幸福的片刻;而是学会为自己未来的路开始计划,接受对自己有利的建议,试图每年都扔掉去年的自己。

记得妈妈问过我一个很疑惑、很奇怪的问题,她问:"你爱爸爸妈妈吗?"依稀记得当时的我并没有给出什么很好的回答。

爱是什么?爱对于我来说是什么?十一二岁的我,对爱的理解还肤浅地停留在男女之间、家人之间,我以为只要有情感就是爱,以为只要是家长就会爱自己的孩子。错了……

2024年4月9日的我想再诠释一次我理解的爱。"爱"对于我来说,是个很泛的字,我认为不能被定义,爱是精神,是行动,是付出,是思想,是情感,是决定一个人的关键。

爱是无条件的付出、准时的接送、凌晨五点半的灯、冰箱里的面包、不缺的零花钱、搬了3次的家、出生前就做好的一切、胃很疼还陪着看的电影、一封封手写信、最适合的教育资源、衣柜里塞不下的衣服、晚上的热饭、每逢节日的惊喜、生病时无微不至的照顾……

爱是参与你的世界，体会你的内心，倾听你的故事，记录你的一切。

是相机里一张张儿时的快乐，是日记里一页页的笔墨，是为你擦干眼泪的纸巾，是无数个温暖的怀抱，是落在脸颊上的唇印，是不错过学校重要的活动，是把最好的东西都留给你，是会站在你的角度想问题，是怕你摔倒会痛，是会把快乐全带给你……

爱是时时刻刻的惦记，是怕你辛苦，怕你受伤，怕你被欺负，怕你受任何伤害。是一通通电话，是一句句问候……

爸爸妈妈给予我在精神上的爱大于物质上的，让我可以不断地从原生家庭中获得力量，因为从小就是在这样的环境里长大的，所以对周围的朋友都是充满真诚和友爱的，也难免有时候会受伤，但我还是觉得我比别人感受到的幸福和快乐更强烈，很开心我的爸爸妈妈从来没有停下脚步，一直在探索实践如何成为更好的父母。

我总觉得爱难表达，话从口中说不出，我始终认为手写情书是表达爱意最浪漫的方式。我也深知有些东西不表达出来，永远不会被人知道。也许越是在意的关系，就越不怕"矫情"。我不会表达爱，但我要学着去爱，爱自己，爱爸妈，爱生活。人更应该看见爱，相信爱，学会爱。

我的世界很小，但却很富足，以前时常觉得自己不够优秀，是一个糟糕的人。那在往后的生活里，希望我可以坦然接受自己的不完美，也自信拥抱自己的美好。

我很幸运，可能我最大的底气，永远来自父母。感谢爸妈把我带到这个世界，让我被爱包围。何其有幸，你们的爱不狭隘。何其有幸，你们的爱开明又温暖，把我的感受放在第一位，从没有束缚压制干涉，给了我轻松自信，洒脱自由。

我爱你们吗？我爱我的爸爸妈妈，我很幸运有你们，我也会幸福，因为有你们。

高中3年，我开始了更多与自我的对话，沉迷于内心与自我的独白。时间过得飞快，每一秒如同快进了2倍。回想过去，感谢自己的勇敢努力，感谢我遇到的所有人，不管是谁，都让我从中明白了很多，都算是我的"老师"。

17岁，未知的数字，未知的生活，未知的一切。

新的一岁，新的感悟，最后一年的青春，希望以美好告终。

希望对得起所有人的期待。感恩所有，感谢爸妈。

舍不得忘掉的从前会装进我的行囊，陪着我，迎着光触碰到我的梦想和未来。

致父母，致自己，致所有。

致17岁。

丫丫

最后的絮絮叨叨

　　差不多 20 年前，一个非常有人格魅力的大姐姐说过一段话，"身边的人都说，反正人都是要老去的，要那么美有什么用？我的回复是，那也要证明给我自己看，我美过，我全力以赴过"。后来又看到作家村上春树先生打从决定以写作为生的时候，就开始晨间跑步，因此他的很多观点里都会有关于跑步的逻辑认识，他说："世上时时有人嘲笑每日坚持跑步的人，难道就那么盼望长命百岁吗？"我却以为，为了长命百岁而跑步的人，大概不多，怀着"不能长命百岁不打紧至少想在有生之年过得完美"这种心态跑步的，只怕多得多。

　　想来，这些年，正是受到这些思想的影响，

我也发生了一些改变：既然都是活一生，为什么不竭尽所能活得精彩一点呢？我努力地在消灭每个人生的第一次，无论什么，只要是第一次，我都愿意去放胆尝尝：第一次见客户，第一次接触一个全新的行业、第一次去一个城市、第一次换条回家的路走走，第一次把老公的姐妹请来拍张全家福、第一次吃不认识的果子、第一次解锁一道道不同的菜肴、第一次听交响乐、第一次看红树林……

其实，真正想要实现这些是不难的，只要想，几乎每天都能完成一两件。身边认识的很多人都坚持着很好的习惯，无论是健身锻炼，还是下厨……有个很执拗地想当国产版巴菲特的人，为了他的这个梦想，20年如一日地读书、看研报，尽管A股市场不被看好，他还依然坚定地相信"疯牛"就在不远处，依然叫我坚定地记住他就是国产版"巴菲特"……所以，这些年每每遇上优秀的人，心里的声音就会开启自动循环播放模式，抱怨个啥，难道换个城市就不"卷"了，换个老板就只"卷"别人了，换个赛道你就独行天下啦？

虽然我相信天赋的力量，比如会有人告诉你："我生来就会这个，这些事情我不知道怎么就学会做了，我也不需要人教我……"但是，我更相信这背后一定有他们的坚持，那些发现了自己的天赋并延续下去的人，久了天赋不说会变成一种专长，但绝对会变成他个人魅力的一部分。

一个退休的姐姐今年 58 岁，她 50 岁的时候开始规划退休生活，说希望自己退休后能有个合唱班子，去实现青春的梦想，于是她从那一刻开始学声乐，报了钢琴班，每周上一次课，还跑到录音棚去录歌，然后开始拍摄自己的 MV……就在昨天，收到她的微信，告诉我有公司邀请她和她的姐妹小组合去驻场。

同样都是退休，同样都是 8 年，有人活成了"不老仙女"，有人活成了"仙人掌"。可是你会说，天啊！这得准备 8 年！可是不管怎样，只要你已经开始了，并且一直坚持着，走着走着，你就会发现，梦想真的就有实现的那一天。

我们所处的这个时代，经常被媒体形容为最"卷"的一代，但是我们依然要感激这个时代，让我们一年获得的信息知识、经历、赛过我们父辈的几十年甚至更多。我也更加敬佩我身边的这些看起来已经功成名就、但依然甘愿为他人摆渡的榜样，因为有她们的鼓励，我们才能被点燃，因为有她们的引领，我们才会被看见，从她们身上我明白的是，与智者同行，与善者同频，不是什么人都可以选做闺蜜，友直，友谅，友多闻……当你坚守这个原则并且开始相信时间的力量，开始付出行动的时候，就会发现那些我们曾经嗤之以鼻的不公平，才叫成人世界里的公平。

心理学家安东尼曾说："成功的第一步就是先存有一颗感恩之心，时时对自己的现状心存感激，同时也要对别人为你所做的一切怀有敬意和感恩之情……"

仅以此篇感谢一路帮助我、鼓励我、指导我、托举我、陪伴我的家人和朋友，没有你们初心，就没有我今天的坚持。最后，还是要特别感谢我的"小狗子"因为她的全情投入，让我实现了多年的心念，牵手同心、共筑一梦、此生无憾！

因为承诺了妈妈，要为她的书配插画，我又一次地翻开了我的成长轨迹，一片片带着模糊记忆的文字像走马灯，勾起我一段段的回想，画着画着……终于意识到自己长大了，才发觉长大是带有滞后性的一瞬间。记得以前看过一部电视剧，里面有句台词让我记了好久：人长大本来就是一瞬间的事情，18 岁那天法律承认你成年了，但那不是真正的长大，真正的长大是一瞬间的事情。那一瞬间的改变，让你感受到了生活的重量。那一瞬间，你就一个人悄悄地长大了。

我的童年就像梦中闪过的一页，漫无目的的快乐且充满故事。做过小孩子都会有的错事，也有过小挫折，有过小伤感。但我并不遗憾，就是因为这些挫折和伤感让我不再迷茫，坚定了自己往前走的勇气和方向。

　　小时候有过成为服装设计师的愿望，上过无数节美术课，当时是多么的热爱喜欢……从校队再到每周末的兴趣班。直到高中，才发现根本没有足够时间再去坚持这个梦想，一度很长时间没碰过画笔。毕业之际，妈妈和我商量，想让我承担起为她的"宝贝"设计插画的"重任"。她说"这是她多年前的梦想"，起初是为了照顾妈妈的情绪，而且高考完的确觉得自己时间充裕，没怎么想就答应了。实话实说，妈妈还有点吃惊的，觉得我怎么那么爽快答应她，毕竟想要出色地完成这个任务对我来说还是很有挑战的。但看到她那么开心，我也就义无反顾了。我想这是现阶段我能送给妈妈最好的礼物啦。小试牛刀后没想到各方反馈都还不错。这无疑点燃了我创作的动力，每天都按时按点"交作业"，人物也是修修改改了好几版才基本定下来。为了让自己画艺更加精进，还去找了当年教我画画的老师，让他给我的插画技术再加以指导……就是这样日复一日，我竟然异常享受，享受自己一个人在房间里画画的氛围，也愈发爱上独处时的自己，经常一画就是一整天。

351

仔细想来，我还是很喜欢画画的，这种快乐是其他事情没法带给我的。当我重新拿起画笔的那一刻，突然有种失而复得的感觉，原来发自本心的兴趣是不会消失的。

"哎呀，这下才觉得兴趣班的钱没白花呀。"妈妈总是这样调侃我。

所以，我想对喜欢这本书的爸爸、妈妈和孩子们说：兴趣爱好这东西，什么时候想捡起来都不晚，没必要刻意地去寻找。只要喜欢就可以无限延伸，让它自由生长。也许它没有成为你最终的梦想，但至少这个过程的幸福和愉悦没人比你自己更能体会得到。在每件小事中能找到自己坚持的意义，不管是爱好也好，梦想也罢，不都是在向自己的内心更加有力地靠近吗？

最后，我非常感谢父母为这个小小的我点亮的一路灯火。从始至终守护着我的热爱，尊重且支持我的任何决定和想法，用他们的爱厚厚地包裹着我，竭尽全力地托举着我，让我看到更高更蓝的天……

也真心感谢所有在背后给我无私关心和帮助的老师们，没有他们的付出和鼓励就没有敢于迈出这一步的我。

最后感谢我生命中遇到的每一位同学、朋友，是你们让我慢慢明白了成长的意义。最后的最后，还是想特别感谢我的妈妈，永远走在前面，陪伴着我，记录着我，引领着我……

接下来的路要我自己走了，就像妈妈说的，您也有自己的人生。我相信你，我无所不能的花妈妈、香妈妈、蝴蝶妈妈、美丽妈妈、仙女妈妈……